Bimladadi'nin Rüyası

Aşk, fedakarlık ve zafer yolculuğu

Translated to Turkish from the English version of

Bimladadi's Dream

Aurobindo Ghosh

Ukiyoto Publishing

Tüm küresel yayın hakları aşağıdakilere aittir:
Ukiyoto Publishing
2024 yılında yayınlandı

İçerik Telif Hakkı © Aurobindo Ghosh

ISBN 9789364944199

Tüm hakları saklıdır.

Bu yayının hiçbir bölümü, yayıncının önceden izni olmaksızın elektronik, mekanik, fotokopi, kayıt veya başka herhangi bir yolla çoğaltılamaz, iletilemez veya bir erişim sisteminde saklanamaz.

Yazarın manevi hakları ileri sürülmüştür.

Bu bir kurgu eseridir. İsimler, karakterler, işletmeler, yerler, olaylar, mekanlar ve olaylar ya yazarın hayal gücünün ürünüdür ya da hayali bir şekilde kullanılmaktadır. Yaşayan ya da ölmüş gerçek kişilerle ya da gerçek olaylarla herhangi bir benzerlik tamamen rastlantısaldır.

Bu kitap, yayıncının önceden izni olmaksızın, ticari veya başka bir şekilde ödünç verilemez, yeniden satılamaz, kiralanamaz veya başka bir şekilde dağıtılamaz, yayınlandığı konu dışında herhangi bir ciltleme veya kapak şeklinde satılmaktadır.

www.ukiyoto.com

Bildirim

Bir kitap yazmak genellikle tek başına bir çaba olarak görülür, ancak gerçekte, birçok bireyin desteği, rehberliği ve teşviki olmadan eksik kalacak olan işbirlikçi bir çabadır. Bu yolculuğu sonlandırırken, bu kitabın hayata geçirilmesinde çok önemli roller oynayanlara yürekten şükranlarımı sunuyorum. Her şeyden önce, hem eleştirmen hem de editör olarak ikili rolleri paha biçilmez olan eşim Dr. Sharada Ghosh'a derinden borçluyum. Ayrıntılara olan keskin bakışı, amansız mükemmellik arayışı ve sarsılmaz dürüstlüğü, bu kitabın üzerine inşa edildiği bir temel kaya olmuştur. Anlayışlı eleştirileri, düşüncelerimi rafine etmem ve yazımı yükseltmem için beni zorladı, her sayfanın netlik ve amaçla yankılanmasını sağladı. Editoryal becerisinin ötesinde, duygusal desteği ve anlayışı, özellikle bu projenin zorlu aşamalarında sürekli bir güç kaynağı olmuştur.

Çocuklarım Dr. Dorothy, Dr. Gargi ve Aalap'a, sarsılmaz teşvikleri ve sınırsız coşkuları için derin bir şükran borçluyum. Üstlendiğim her projeyi tamamlama yeteneğime olan inançları, yolun en göz korkutucu göründüğü zamanlarda bile beni ileriye iten itici bir güç oldu. Kitabımın ödüllendirilmesi gibi her dönüm noktasında ifade ettikleri sevinç ve gurur, işimin temelini oluşturan sevgi ve ilhamın hatırlatıcılarıydı.

Bu projedeki motivasyonu ve inancı etkili olan yayıncım 'Ukiyoto Publishers'a en içten teşekkürlerimi sunmak istiyorum. Uzmanlıkları ve destekleri, fikirlerimin gelişebileceği bir çerçeve sağladı. Mükemmelliğe olan bağlılıkları ve profesyonel rehberlikleri, bu kitabın en yüksek kalite standartlarını karşılamasını sağlamıştır.

Önsöz

Usta bir hikaye anlatıcısı olan Dr. Aurobindo Ghosh, harika hikayeleriyle beni her zaman şaşırtır. Bu sefer farklı bir şeyle karşılaştım. Kararlılık ve azmin harikalar yaratabileceğine ve kişinin kendi hayalini gerçekleştirmesine yardımcı olabileceğine dair bir inanç yansıtmaya çalıştı. Dr. Ghosh'un anlatımdaki hüneri gerçekten dikkat çekicidir. Karmaşık ayrıntıları ilgi çekici anlatılara dönüştürme konusundaki benzersiz yeteneğiyle, karakterlere ve mücadelelerine okuyucularda derinden yankı uyandıracak şekilde hayat veriyor. Hikaye anlatımı sadece olayları anlatmakla ilgili değil, aynı zamanda duyguları uyandırmak ve dayanıklılık ve umudun canlı resimlerini çizmekle ilgilidir. "Bimladadi'nin Rüyası"nda zorluklar, aşk ve zafer temalarını ustaca iç içe geçirerek hem ilham verici hem de derinden dokunaklı bir yaşam halısı yaratıyor. Bu hikayeyi araştırırken, insan ruhunun özünü yakalama yeteneği ve olağanüstü hayal gücü ile büyüleneceksiniz.

Neelesh Mazumdar
08/06/2024
Silvassa, DNH

İçeriği

Önsöz	1
Bimladadi ve mücadelesi	4
Tulsibhabhi'nin girişimi	8
Banno için Meydan Okuma	10
Dönüm Noktası	13
İlk Karşılaşma	17
Kabul	22
Yeni Başlangıç	27
Dini Gezi	36
Mutlu sürpriz	44
Yeni Gelenler	48
Şehirde Yaşam	51
Banno'nun değişen hayatı	58
Öğrenci Banno	64
İlk Ödev	69
Mumbai Arama	71
Banno, takım lideri	78
Chhutki parlıyor	85
ABD'de Tatil	88
Banno'nun içgörüsü	93
Banno Genel Müdür	97
Shantilal HTE'ye gitti	99
Chhutki'nin yeteneği ortaya çıktı	102

Shantilal'in kariyerinin başlangıcı	110
Shantilal, Anjana ile tanıştı	111
Banno, Chhutki ile yüzleşti	122
Chhutki'nin değişen hayatı	125
ABD'de Etkinlikler	133
Chhutki NASA'ya gidiyor	135
Anjana'nın ikilemi	138
Mükemmel arsa taranmış	141
Görev tamamlandı	147
İtiraf	151
Belirleyici eylem	154
Şunun içinde: Hindistan	156
Mutlu son	163
Epilogue	167
Yazar Hakkında	*168*

Önsöz

Küçük, birbirine sıkı sıkıya bağlı bir Gujarati topluluğunun kalbinde, Bimladadi ve ailesinin hikayesi bir dayanıklılık, azim ve nihai zafer hikayesini gözler önüne seriyor. Bu kitap, hayatın sınavlarıyla sarsılmaz bir kararlılık ve zarafetle yüzleşen, olağanüstü güce sahip bir kadın olan Bimladadi'nin yolculuğunu anlatıyor. Bimladadi'nin hayatının dokusu, oğulları Kantilal henüz sekizinci sınıftayken, bir güç ve destek direği olan kocasını kaybettiğinde geri dönülmez bir şekilde değişti. Toplulukları içinde mütevazı ama önemli bir kuruluş olan mütevazı bakkal dükkanları, birdenbire birincil geçim kaynakları haline geldi. Bu trajedinin aniden ortaya çıkması, Bimladadi'yi sadece büyük bir kederle değil, aynı zamanda hayatta kalmalarını sağlamanın göz korkutucu sorumluluğuyla da boğuşmaya bıraktı. Sınırlı imkanlara sahip olan ve kendisi de resmi bir eğitim almayan Bimladadi, dükkanı ve evi tek başına idare edemeyeceği yönündeki yürek burkan gerçekle yüzleşti. Zorunluluktan dolayı zorlanarak, küçük oğlundan okulu bırakmasını ve bakkal dükkanını işletmek için kendisine katılmasını istemek için zor bir karar verdi. Bu fedakarlık çok büyüktü, çünkü Kantilal'ın geleceği için eğitimin öneminin acı bir şekilde farkındaydı. Yine de, korkunç koşulları karşısında, hayatta kalmak önceliklidir. Birlikte, dükkanı ayakta tutmak ve temel ihtiyaçlarını karşılamak için uzun saatler ve yıpratıcı işlere katlandılar. Bimladadi'nin kalbi, Kantilal'in kaçırdığı fırsatların bilgisiyle sızlıyordu, ancak ortak dayanıklılıkları ve kararlılıkları, küçük ailelerini zorluk ve belirsizliğin çalkantılı denizlerinde yönlendirerek kırılmaz bir bağ oluşturdu. Hem evine hem de işine bakmakla meşgulken, oğlu Kantilal'in erken yaşta evlenmesini düşündü. Kantilal yirmi yaşına geldiğinde, güzel bir kız olan Pramila ile evlendi. Bimladadi artık bakkal dükkanına azami dikkatle bakmakta özgürdü. Bir süre sonra Pramila bir erkek çocuk doğurdu. Bimladadi ve hepsi ona Shantilal demeye karar verdiler.

Birdenbire her şey pürüzsüz görünüyordu; Bimladadi'nin hayatı, sevgili oğlu Kantilal'ın eşi Pramila'yı kaybetmesi ve iki buçuk yaşındaki oğulları Shantilal'ı geride bırakmasıyla başka bir trajik dönüş yaptı. Kayıp çok derindi ve Bimladadi, Kantilal ile birlikte, önemli zorlukların ortasında aileyi geçindirme yükünü taşıdı. Hayatları günlük mücadelelerle doluydu, ancak sarsılmaz ruhları ve karşılıklı destekleri onları devam ettirdi. Bu zorlu zamanların ortasında, Kantilal için beklenmedik ama umut verici bir ittifak getiren iyi kalpli komşuları Tulsibhabhi şeklinde umut kapılarını çaldı. Tulsibhabhi'nin yeğeni Banno, müstakbel kocası tarafından reddedildiği için kendi üzüntüsünü yaşadı. Bu paylaşılan acı, yeni bir başlangıcın temeli oldu. Banno'nun Kantilal ile evliliği bir dönüm noktası oldu. Shantilal ile yeni hayatını kucakladı ve parçalanmış hayallerini yeniden inşa etme cesaretini buldu. Olağanüstü bir dirençle Banno, yılmaz ruhunun bir kanıtı olarak bir endüstrinin başarılı bir yönetim başkanı haline geldi. Birliktelikleri bir kızı Chhutki ile kutsanmıştı. Hem Shantilal hem de Chhutki, büyüklerinin azim ve bilgeliğini miras alarak akademik mükemmelliğin peşinden gittiler ve IIT'den mezun oldular. Özlemleri onları ABD'ye götürdü ve burada BT ve havacılık sektöründe prestijli pozisyonlar elde ettiler. Mesleki başarıları, hayat arkadaşları buldukları ve yeni hayatlarına yerleştikleri için kişisel tatmin ile paraleldi. Bimladadi'nin uzun süredir devam eden hayalleri, ailesinin kıtalar arasında zenginleşmesine tanık olmasıyla gerçekleşti. Bimladadi, Kantilal, Banno, Shantilal ve Chhutki'nin hikayesi, birlikten duyulan gücün, azmin gücünün ve hayal kurmaya cesaret ettiğinde ortaya çıkan sınırsız olasılıkların dokunaklı bir hatırlatıcısıdır. Bu kitap, en karanlık zamanlarda umut bulan, koşullarının üstesinden gelen ve yolculuklarıyla başkalarına ilham veren herkese adanmıştır. Bimladadi ve ailesinin mirası, gelecek nesiller için kalıcı bir umut ve dayanıklılık ışığı olabilir mi?

Aurobindo Ghosh, Silvassa

07/06/2024

Bimladadi ve mücadelesi

Kantilal'in oğlu Shantilal, annesi Pramila öldüğünde çok küçüktü. Kantilal'ın annesi Bimladadi, durumu idare etmesi oldukça zor buldu. Kantilal sabah 6.30'da bakkal dükkanını açmaya giderdi. Eşi hayattayken çay eşliğinde kahvaltı yapar, dükkan oldukça uzak olduğu ve öğleden sonra eve gelmek mümkün olmadığı için öğle yemeği için tiffin kutusunu taşırdı. Genellikle, evdeki herkesin birlikte akşam yemeği yemesi için beklediği saat neredeyse akşam 9'da eve dönerdi. Ama şimdi durum farklıydı. Shantilal, büyükannesi Bimladadi'ye çok bağlıydı. Bir yandan torununa bakarken, bir yandan da oğlu Kantilal'ın sabahın erken saatlerinde yaptığı kahvaltıya bakmak, öğle yemeği için tiffin hazırlamak mümkün olmadı. Shantilal, annesi vefat ettiğinde sadece iki buçuk yaşındaydı. Küçük çocuk ölümün ne olduğunu anlamadı. Bimladadi ona annesinin bir yıldızla tanışmak için çok uzaklara gittiğini söyledi. Geri dönmesi uzun zaman alacaktı. Küçük çocuk her zaman annesinin neden yalnız gittiğini ve onu yanına almadığını merak etti. Sık sık Bimladadi'ye annesi hakkında sorular sorar ve annesine gitmek için ısrar ederdi. Pramila'nın ölümünden sonra ortaya çıkan tüm sorunlara bir çözüm bulamayan Bimladadi, bir Pazar günü oğlu Kantilal ile yüzleşti.

"Bak oğlum, gelinim Pramila'nın çok iyi bir kız olduğu doğru. O oradayken, torunum Shantilal'a bakmakta özgürdüm. Pramila daha sonra size bakabildi. Hepimiz mutluyduk. Ama şimdi Pramila artık aramızda olmadığı için, sevgi dolu torunum Shantilal'ı büyütmeyi çok zor buluyorum çünkü evin diğer işlerine daha fazla zaman ayırmam gerekiyor."

Kantilal zorlukların farkındaydı. Ama onun da bir çözümü yoktu. Annesine sadece şöyle dedi: "Anne, bu parçalanmış aileyi yönetmek için ne kadar acıyla mücadele ettiğini biliyorum. Ama ne yapabilirim anne? Ben de çaresizim."

Bimladadi, düşüncelerini oğluyla paylaşmak için bu fırsatı bekliyordu; Kantilal'a, "Dikkatlice dinle, bir önerim var. Pramila'nın aramızdan ayrılmasının üzerinden neredeyse altı ay geçti. Artık Shantilal ile yüzleşemiyorum. Annesine gitmekte ısrar eder. Herhangi bir cevabım yok. Bu yüzden size önerim, yeniden evlenmenizdir. Tüm sorunları çözecekti. Shantilal yeni annesine kavuşacak, sen yeni eşine kavuşacaksın ve bu aileye yeni bir bakıcı gelecek. Bu durumda, Shantilal'e şimdikinden daha iyi bakabilirim. Çok yakında o da okula katılacak. Onu da okuluna bırakacak birine ihtiyaç duyulacak. Bu yüzden lütfen önerimi ciddi olarak düşünün. Evet derseniz, komşumuz Tulsibhabhi'ye bilgi vereceğim. Seni soruyordu. Yakışıklı bir yeğeni var. Onlar yakındaki köyden. O kızı görmenin hiçbir zararı yok. Shantilal de dahil olmak üzere hakkımızda her şeyi biliyorlar. Aslında o kız çok talihsiz. Beş yıl önce evliliği düzeldi. Ancak zamanında, kızın ailesi, çocuğun bir kız arkadaşı olduğunu keşfetti. Korkudan dolayı onu gizli tutmuştu.

Evlenmeden hemen önce kız arkadaşının ailesi geldi ve her şeyi açıkladı. Çocuk ayrıca kız arkadaşını sevdiğini de itiraf etti. Evlilik hemen bozuldu. Ne yazık ki, herkes bu kızın 'kötü bir alamet' olduğunu söylemeye başladı. Son beş yıldır o aile kızlarını evlendirmek için çok uğraşıyordu ama hiçbir damadın ailesi o kızla evlenmeye hazır değildi. Belki de kimse onunla evlenmeyecek. O zavallı kız belki de kendi hatası olmadan asla evlenmeyecek. Onunla evlenirsen, sana minnettar kalacak ve bu aileyi kalbinin derinliklerinden sevecek. Tulsibhabhi, tüm taleplerinizi yerine getireceklerini söyledi. Ama daha önce de söylemiştim, tek bir talebimiz var, o da Shantilal'in annesinin sevgisini geri alması gerektiği. Tek istediğimiz bu."

Gerçekten büyük bir anlatımdı. Kantilal'ın kafası karışmıştı. Ailesinin, bu aileye bakacak bir kadın üyeye ihtiyacı olduğunu biliyordu. Ancak bu duruma hazır değildi. Yakınlarda, suçu olmadan 'kötü alamet' olarak damgalanan bir kız var. Kimse bilinmeyen nedenlerle onunla evlenmeye hazır değil. Kantilal, sözde sosyal inançlar konusunda gerçekten üzgündü. Aksine kızgındı.

"Tamam anne, o kızı görmeye hazırım. Ama bir şartım var. Torununuz Shantilal'a bakabileceğini kanıtlamasına izin verin, ancak o zaman önerinizle devam edeceğim. Ama ondan önce hiçbir şey dinlemeyeceğim. Bu senin için uygun mu?" Kantilal sözlerini tamamladı.

Bimladadi çok mutluydu. Sadece "Bunun için ne yapmam gerekiyor ve o kızın ne yapması gerekiyor?" diye sordu.

Kantilal, "Basit. Tulsibhabhi'den yeğenini ona getirmesini isteyin, Shantilal'ı evlerine götürün, tanışmaları için zaman verin, kızın çocukla arkadaş olmasına izin verin. Acele etmeyin. Onlara yeterli zaman verin. Unutma anneciğim, eğer senin önerini dinlersem, sadece Şantilal'in iyiliği için evleneceğim, benim için değil. Eğer Shantilal kızı yeni annesi olarak kabul etmeye hazırsa, ne dersen yapacağım. Ama Shantilal'in o kızı yeni annesi olarak kabul etme konusunda çekinceleri olduğunu fark edersem, o zaman yeniden evlenmem için bana baskı yapmazsın."

Tulsibhabhi'nin girişimi

Bimladadi çok sevindi. En azından oğlu, gündeminden çıkardığı yeniden evlenmesini düşünmek için teklifini kabul etmişti. Ertesi gün sabah erkenden komşusu Tulsibhabhi'ye gitti ve ondan yeğenini mümkün olduğunca çabuk getirmesini istedi. Tulsibhabhi onun zamansız görünüşüne tepki veremeden önce, kendisi ve oğlu Kantilal arasında geçen konuşmayı anlattı. Tulsibhabhi iyi haberi duyunca çok heyecanlandı. Tulsibhabhi, yeğenini evine getireceğine dair ona güvence verdi. Selamlaştıktan sonra Bimladadi ayrıldı ve Tulsibhabhi kardeşinin evine gidip ona müjdeyi vermek için hazırlanmak üzere içeri girdi. Tulsibhabhi, tek oğlu Krishna'dan ayrılışına hazırlanmasını istedi. Krishna ve Kantilal aynı bakkal işindeler. Birbirlerini iyi tanıyorlar. Tulsibhabhi, Kantilal için Banno'dan bahsettiğinde itiraz etmedi. Çok talihsiz olan kuzeninin iyi bir koca bulacağı için mutluydu.

Tulsibhabhi aynı gün öğleden sonra kardeşinin evine ulaştı. Eve girmeden önce bağırdı, "Banno beta, neredesin? Bakın kim gelmiş."

Yeğeni Banno, aile yemeğinden sonra toplanan mutfak eşyalarını temizlemek için mutfakta meşguldü. Birdenbire Tulsibhabhi'nin adını çağıran sesini duydu. Hemen ellerini yıkadı, kalan tüm eşyaları olduğu gibi bıraktı ve ana kapıya doğru koşmaya başladı. Ana kapıya ulaştığında, hem anne hem de babasının oraya çoktan ulaştığını ve Tulsibhabhi'yi karşıladıklarını fark etti. Ailenin en büyüğü olan Tulsibhabhi ve Banno'nun babası onun küçük erkek kardeşiydi, hepsi Tulsibhabhi'nin ayaklarına dokunmakla meşguldü. Sonra Banno'nun ona doğru koşarak geldiğini gördü. Tulsibhabhi de en çok sevdiği yeğeni Banno'ya doğru yürümeye başladı. İkisi de bir an birbirini gördü ve sarıldı. Tulsibhabhi, Banno'nun alnından öptü ve mırıldandı, "Belki de Tanrı fikrini değiştirmişti ve hayatını değiştirmeye hazırdı."

Banno, Tulsibhabhi'nin tek bir kelimesini bile anlamadı ve merakla ona baktı. Tulsibhabhi annemi tuttu ve bir el hareketiyle odadaki herkesi çağırdı. Banno, ailesi, büyükanne ve büyükbabası ve Tulsibhabhi kendi yerlerine oturdular ve herkes Tulsibhabhi'nin başlamasını bekledi. Ellerini kavuşturarak tavana baktı ve başladı.

"Buraya bakın, bir süre önce, son ziyaretim sırasında, çocuğum Banno dışında buradaki tüm yaşlılarla bir tartışma yaptım. Size bir bakkal dükkanı işleten, yakın zamanda karısını kaybeden ve onu tek çocuğuyla bırakan bir çocuk olduğunu söyledim. Çocuk sadece üç yaşında bir çocuk. Her zaman annesini arıyor. O huzursuz. Ailelerinin, o çocuğa gerçek arkadaşı olarak bakabilecek birine ihtiyacı var. Geçen aydan beri o adamın annesi Bimladadi'yi oğlu Kantilal'in yeniden evlenmesi konusunda ikna etmeye çalışıyordum. Büyük bir ikna ile oğlan bir şartla tekrar evlenmeye hazır."

Banno için Meydan Okuma

Tulsibhabhi onun anlatımını aniden durdurdu. Banno ilk kez dinlerken, hepsinin onun hakkında bir şeyler tartıştığını kısmen tahmin edebiliyordu. Ancak, toplumda "Kötü Alamet Kızı" olarak damgalandığı için düşünmeyi bıraktıkları evliliği hakkında tartışamayacaklarından emindi. Kaderinin zaten mühürlendiğini ve bu dünyadaki hiç kimsenin sosyal normlara meydan okuyarak hayatını riske atmayacağını biliyordu. Böylece, Tulsibhabhi nihayetinde çocuk birini yeni annesi olarak kabul ederse, ancak o zaman çocuğun babasının o kızla evlenmeye hazır olacağı koşulunu ortaya koyduğunda. Banno hem gülümsemeye hem de içten ağlamaya başladı. Onu üç yaşında çocuğu olan bir adamla yeniden evlenmeye zorlayan kaderi hakkında gülümsüyordu ve dahası, evlenmeden önce bile başkasının çocuğunun iyi bir annesi olduğunu kanıtlamak zorunda kaldı. Tüm aile üyeleri onun için o kadar endişeliydi ki, sadece hayatta mutlu olduğunu görmek için her türlü lanet koşulu kabul etmeye hazırdılar. Kendini çok çaresiz hissetti. Bir kız neden bu kadar çok acı çekmek zorunda? Ama meydan okumayı kabul etmeye karar verdi. Mendiliyle gözlerini sildi ve tartışmaya tüm kalbiyle katılmaya karar verdi.

Banno büyükanne ve büyükbabasına baktı ve "Dinleyin Dadaji ve Dadiji, evet ya da hayır diyecek durumda olmadığınızı biliyorum. Teyzenin getirdiği teklif yeniden evlenme olduğu için doğal olarak kafanız karışıyor. Kolaylaştırayım. Hepiniz benim evliliğimi beş yıl önce ayarlamıştınız. Ancak bazı nedenlerden dolayı gerçekleşemedi. Şimdi, çocuğun evlendikten sonra başka bir kadınla ilişkisi olduğunu öğrenmiş olacağımızı varsayalım. O zamanlar boşanmak tek çözüm olurdu. Bu, bugün boşanmış bir kadın olarak kalacağım anlamına gelirdi. Şimdi lütfen durumu gerekçeli ve mantıklı bir şekilde analiz edin. Hepiniz benimle aynı fikirdesiniz ki, şu anki durumum boşanmış bir kadının markasından bin kat daha iyi. Bu yüzden hepinize bir şey söylememe izin verin. Bu fırsata bir şans verelim. Gerekçem, eğer küçük olanla gerçek bir arkadaşlık kurmaya çalışırsam ve başarılı olursam, o zamana kadar tüm aileyi tanımaya başlayacağım. O zaman teklife devam edip etmemeye karar verme sırası bize gelecek. Zaman sınırı olmadığı için, sizin kutsamalarınızla meydan okumayı kabul etmem ve devam etmem gerektiğini düşünüyorum.

Banno'yu dinledikten sonra herkes neredeyse şok oldu. Ailemizde ne kadar cesur bir kız olduğunu düşündüler! Kimse ağzından tek kelime çıkamıyordu. Hepsi sadece 'Bravo Banno'ya bakıyordu. Banno, kendisinin inisiyatif alması gerektiğini fark etti. Aile üyelerine sürekli ıstıraptan biraz rahatlama sağlamak istedi. Zaten çok acı çekmişlerdi. Bir çözüm bulmaya kararlıydı. En kötü olasılığı düşündü. Küçük çocukla arkadaş olmayı başaramayabilir ve evlilik teklifi sona erebilir. Ama yine de denemediği için tövbe etmeyecekti. Gönülden ve içtenlikle denerse, başarı olasılığı oldukça yüksek olurdu.

"Pekala, bu kadar şaşırma." Banno devam etti. "Rasyonel olalım. Teyzeyle gideyim. O aileyle tanışalım. O küçük çocuğu aile üyeleriyle birlikte birkaç kez görüşmeme izin verin. Sadece çocukla biraz zaman geçirmeme izin verin, bu zor olabilir. Ama çocuk benimle rahat edene kadar devam etmeliyiz. Merak etme. Hepiniz kabul ederseniz, yarın sabah teyzeyle gideceğim.

Hepsi çok mutluydu ve kaderini belirleyecek olan maceralı yolculuğu için Banno'ya nimetlerini verdiler. Belki de Yüce Tanrı yukarıdan gülümsüyordu.

Dönüm Noktası

Ertesi gün, sabahın erken saatlerinde, hem Banno hem de teyzesi taşınmaya hazırdı. Tüm aile üyeleri her ikisine de veda etmek için kapıdaydı. Banno'nun annesi ağlıyor ve sürekli olarak tanrısını çağırıyor ve kendisine çok zor bir görev verdiği için talihsiz kızına başarı vermesini istiyordu. İkisi de gidecekleri yere doğru yola çıktılar. Tanrı bilir, neden yolda Banno biraz çikolata satın aldı. Öğleden sonra eve ulaştılar. Tulsibhabhi, Banno'dan biraz dinlenmesini istedi ve Bimladadi'ye gelişlerini bildirmeye gidecekti. Banno neredeyse hiç uyuyamayacağını biliyordu. Gümbür gümbür atan kalbinin sesini duyabiliyordu. Teyzesi gittikten sonra Banno kapıyı kapattı ve yatak odasına geldi. Duvarda bir ayna vardı. Aynanın karşısına geçti. Yüzüne dikkatlice baktı. Okulunun en güzel kızı olarak biliniyordu. Aynada cazibesini bulmaya çalıştı ama başarısız oldu. Evliliğini bozarak tüm varlığında ona büyük bir yara açmış olan o meçhul kişi tarafından soyulduğunu hissetti. Daha önceki büyüleyici Banno'yu bulamadı. Bulduğu tek şey, değersiz ve hiçbir işe yaramaz, sakatlanmış, kırılmış ve parçalanmış bir Banno'ydu. Yüksek sesle bağırdı ve şiddetle ağlamaya başladı. Ön kapının çalındığını duydu. Aceleyle kendini kontrol etti, gözyaşlarını sildi ve hazırlıklı olmadığı bir şey görmek için dışarı çıktı. Gülümseyen yüzlü yaşlı bir kadın, teyzesiyle birlikte kapının dışında duruyordu.

Aralarında tatlı küçük şirin bir çocuk da oradaydı. Elleri her iki bayan tarafından tutuldu. Banno'nun onları karşılamak için bir şey söylemesine fırsat bulamadan, küçük çocuk atladı, her iki hanımdan da kendini kurtardı, Banno'ya doğru koşarak geldi ve "Babamın en iyi arkadaşım olacağını söylediği melek sen misin?" dedi. İki elini de kaldırdı ve onu kaldırması için ona işaret etti. Banno, dürtüyle, küçük çocuğu kaldırdı ve iki eliyle sarılarak onu tuttu.

Dedi ki, "Evet, ben senin en iyi arkadaşın olacak o meleğim. Birlikte birçok oyun oynayacağız. Senin için oyuncaklar yapacağım. Birçok şarkı biliyorum. Senin için şarkı söyleyeceğim. Bu arada, çikolata sever misin?

Büyüleyici çocuk olumlu bir şekilde başını salladı. Banno, çocuğu daha önce bilmeden satın aldığı çikolataları vermek için içeri aldı. Kendini Bimladadi'ye tanıtmayı bile unuttu.

Tulsibhabhi, Bimladadi'yi içeri getirdi. Bimladadi'nin gözlerinde yaşlar vardı. Onlar mutluluk gözyaşlarıydı. En çok istediği şeyi aldığını hemen anladı. O kızda torunu ve oğlu için de gerçek bir arkadaş bulabilirdi. Odanın içinde, yatağın üzerinde, birbirlerine tamamen inanan, gülen, konuşan ve çikolata yiyen, birbirini tanımayan iki varlık vardı. Bimladadi odaya girdiğinde, başını döndüren bir şey görünce şaşırdı. Banno başının altında bir yastıkla yatakta yatıyordu ve küçük olan tam karnının üzerine oturmuş gülüyor, elinde bir çikolatayla masum sözleriyle konuşuyordu. Bimladadi hıçkıra hıçkıra ağlamaya başladı. Altı aydır ilk kez çocuk sanki annesine kavuşmuş gibi gülüyordu. Hiçbir şekilde zaman kaybedemezdi. Geç olmadan bir şeyler yapması gerekiyordu. Bimladadi zamanı unuttu. Oğlan Banno ile tanışalı sadece bir saat olmuştu. Kesinlikle bir mucizeydi. Banno bile duruma inanamadı. Çocuğa yaklaşmak için kendine birkaç hafta vermişti. Ama görünüşe göre Tanrı'nın onun için farklı planları vardı. Bir saat içinde eski dostlar gibi davranmaya başladılar. Anne ve oğul gibi! Banno'nun annelik içgüdüsü bunu mümkün kılmıştı. Saf ruhlar buluştuğunda mucizeler gerçekleşir. Bir süre sonra hem Bimladadi hem de Tulsibhabhi odaya girdiler.

Banno hızla ayağa kalktı ve çocuğu kucağına aldı. Bimladadi'den özür diledi ve "Çocuk o kadar tatlı ki kendimi kaptırdım. Ayaklarına dokunmak için bile eğilmediğim için çok üzgünüm teyze. Adını da bilmiyorum. Onun için zaten bir isim tuttum. Ona 'Chimpu' diyeceğim. Senin için uygun mu teyze?"

Bimladadi, Banno'nun tatlı jestinden o kadar etkilenmişti ki, sadece olumlu bir şekilde başını salladı.

Kantilal'in bugün erken gelmesi gerektiği için Bimladadi'nin eve gitme zamanı gelmişti. Ama Shantilal gitmeye hazır değildi. Peri arkadaşı Banno ile birlikte olmak istiyordu. Ertesi sabah Shantilal'ı, takma adı Chimpu'yu peri arkadaşına getirme vaadinden memnun kalarak, Bimladadi ile eve gitmeyi kabul etti. Eve döndüğünde Shantilal, kanepede oturan babasını görür görmez koşarak Kantilal'ın yanına geldi ve kucağına atladı ve heyecanla yeni peri arkadaşının tüm bölümünü anlatmaya başladı. Kantilal hiçbir şey bilmiyordu. Bu yüzden annesi Bimladadi'ye baktı. Gözlerinde bir soru işareti vardı. Bimladadi oğlunun yanına geldi ve ona her şeyi ayrıntılı olarak anlattı, Tulsibhabhi'nin ailesini yeğenini Shantilal ile arkadaş olmaya hazır hale getirmeye nasıl ikna ettiğini anlattı. Ayrıca Banno kızının Shantilal'ın yakın arkadaşı olmayı ne kadar çabuk başardığını da anlattı. Banno bu çocuğa Chimpu adını bile verdi. Ne kadar tatlı!

"Şimdi oğlum, senden bir ricam var. Lütfen inkar etmeyin. Banno'yu yarın öğleden sonra teyzesi Tulsibbabi ile birlikte öğle yemeği için evimize davet edelim. Siz ve Banno birbirinizi tanırsanız iyi olur. İkinizin de birbirinizi tanımasına izin verin. O zavallı kız aynı zamanda hiçbir suçu olmayan sosyal damgalamanın da mağduru. Her ikiniz de kendi hayatlarınıza bir şans vermelisiniz. Tanrı bize birbirimize yardım etmemiz için bu fırsatı verdi. Banno'nun oğlunuzun gerçek bir bakıcısı olabileceğini ve bu ailenin sorumluluğunu üstlenmek için eşit derecede yetkin olduğunu düşünüyorsanız, o zaman onunla evlenirsiniz. Aksini düşünüyorsanız, onları buna göre bilgilendireceğiz. Dahası, Banno da bu ilişki hakkında karar vermek için hepimizi tanıma fırsatına sahip olmalı. Onun da bunu yapmaya eşit hakkı var." Bimladadi oğluna kendi duygularını dile getirdi.

Kantilal oğlunu gördü. Altı aydır ilk kez, Shantilal kaybettiği annesi için ağlamıyordu. Belki de peri dostu dediği Banno'da anne sevgisini bulmuştu. Kantilal annesine, "Tamam. Kendinizi iyi hissediyorsanız herhangi bir sorunum yok; Planınıza devam edin. Yarın öğle yemeği için ailesini ara."

İlk Karşılaşma

Ertesi sabah Bimladadi, torunu Chimpu'yu (O da ona Chimpu demeye başlamıştı) Banno'ya götürdü. Banno verandanın zeminini temizliyordu. Chimpu'yu Bimladadi ile birlikte görür görmez aceleyle ellerini yıkadı ve Chimpu'ya doğru koştu ve onu kollarına aldı. Alnından öptü, bir tur attı ve konuşmaya başladı. Chimpu'nun peri arkadaşına bildirecek çok şeyi vardı. Babası çok hızlı gidebilen kırmızı renkli bir araba getirmişti. Bimladadi, bir gün içinde birbirlerine çok yaklaştıklarını görmekten çok mutlu oldu. Her şey için Yüce Allah'a teşekkür etti ve Tulsibhabhi'nin herkes için kahvaltı hazırladığı mutfağa gitti.

Bimladadi bir tabureye oturdu ve "Tulsibhabhi, lütfen kahvaltımızı da hazırlayın. Ve evet, öğle yemeği hazırlamayın. Hepiniz bugün öğle yemeği için evimize geliyorsunuz. Oğlum da aramıza katılacak. Allah dilerse hayalimiz gerçek olur. Oğlan ve kızın buluşup konuşmasına izin verin. Her şey yolunda giderse, evlilik kararını mümkün olan en kısa sürede alacağız."

Aylar sonra, Chimpu kahvaltısını hiç hoşlanmadan. Banno onu beslemek için sorumluluk almıştı. İkisi de çok mutluydu. Banno, Bimladadi'nin evine gitmeleri gerektiğini öğrendiğinde hemen "Bizim için kim yemek pişirecek?" diye sordu. Bimladadi, "Başka kim, ben?" diye yanıtladı. Banno bir süre annesini tuttu ve sonra şöyle dedi:

"Tamam teyze, evine biraz erken gelip hepimiz için öğle yemeği hazırlamana yardım etsem sorun olur mu? İyi bir aşçı olmasam da, en azından sana yardım edebilirim.

Bimladadi kendini kontrol edemiyordu. Banno'nun yanına gitti, iki avucuyla yüzünü tuttu ve Banno'nun alnını öptü ve "Tanrı'ya tüm mutluluğu sana vermesi için dua ediyorum çocuğum" dedi.

Gözlerinde yaşlar vardı ve bunu saklamadı. Bir süre sonra hep birlikte Bimladadi'nin evine doğru yola çıktılar. Kantilal çoktan dükkânına doğru yola çıkmıştı. Chimpu bir kez daha yeni kırmızı arabasıyla meşgul oldu. Bu kez Tulsibhabhi onun oyun arkadaşı oldu. Banno ve Bimladadi mutfağa gittiler. Banno mutfağı düzenlemek için biraz zaman ayırdı ve ardından öğle yemeğini hazırlamak için gerekli tüm malzemeleri düzenledi. Menü karşılıklı rıza ile kararlaştırıldı. Banno, menüye "Kofta" adlı bir öğe daha ekledi. Oldukça verimli bir aşçıydı. Buraya yardım etmek için gelmiş olmasına rağmen, neredeyse her şeyi kendisi pişirdi. Birkaç kez Bimladadi'den yardım istedi. Üç engelden ikisi aşılmıştı. Chimpu ve mutfak fethedilmişti. Son engel Kantilal'dı.

Neredeyse öğle yemeği vaktiydi. Banno, yemek masasını düzenlemek için inisiyatif aldı. Zaten yeşil salata ve kavrulmuş papad olmak üzere iki yemek daha hazırlamıştı. Kapı çalındı. Bimladadi, Banno'dan kapıyı açmasını istedi. Banno tereddüt ederek gitti ve yavaşça kapıyı açtı ve orada duruyordu, yakışıklı bir beyefendiydi. İkisi de birbirini gördü. İkisi de kim olduklarını biliyordu. Banno, ellerini kavuşturarak Kantilal'ı selamladı. Selamına karşılık verdi. İkisi de gülümsedi.

Hepsi yemek masasında toplandı ve Kantilal kendisine ayrılan koltuğa oturdu. Chimpu onun sol tarafında yanına oturdu. Sağ tarafta, Tulsibhabhi oradaydı. Banno ve Bimladadi öğle yemeğini servis edeceklerdi. Hepsi anneydi. Sessizliği ilk bozan Chimpu oldu.

Heyecanla babasına, "Baba, hatırlıyor musun, dün sana peri arkadaşım olduğunu söylemiştim. Sana onun kim olduğunu göstereyim."

Chimpu oturduğu yerden indi, koşarak Banno'ya gitti, elini tuttu ve onu babasının yanına getirdi. "İşte burada, peri dostum. Babam onu benim için getirdi. Beni çok seviyor. Onu bırakmayacağım. Peri arkadaşımın bizim evde kalmasını babama sordum. Baba, lütfen, sen de ona burada kalmasını söyle."

Kantilal, Banno'ya bakıyordu. Oldukça güzel bir kızdı. Bir şey vardı ki o da bir sihirbaz olduğunu kanıtlıyordu. Kısa sürede Shantilal'ı büyülemişti. Hatta oğluna Chimpu adında bir evcil hayvan adı vermişti. Ne kadar tatlı!

Karısı öldüğünde Shantilal sadece iki buçuk yaşındaydı. Küçük çocuk annesini iyi tanımadan önce, o gitmişti. Son altı aydır çılgınca annesi gibi birini arıyordu. Yüce Tanrı onun feryadına kulak vermiş ve bu sihirbazı peri arkadaşı olarak göndermişti. Kantilal'in çok sevdiği karısını unutması imkansız olsa da, onların hayatına bir şans verecekti. Bu kız bu evin bir parçası olmaya hazır olsaydı, hiçbir itirazı olmazdı. Oğlu mutlu olsaydı, herkes mutlu olurdu.

Öğle yemeğinden sonra Tulsibhabhi, Banno ve Kantilal'ın birbirlerini tanımak için bir süre birlikte oturmalarını tavsiye etti. Bimladadi ve Tulsibhabhi, Chimpu'yu yanlarına aldılar ve ikisinin konuşması için o yemek alanını terk ettiler.

Kantilal konuşmaya başladı, "Bak Banno, fazla uzatmadan sana durumumu açıklamama izin ver ki gelecekte sana söylemediğim bir şikayetin olmasın. Eşimi kaybettiğimi biliyorsun. Bana ve oğluma çok yakındı. Kafamıza yıldırım düşmeden ve eşime kan kanseri teşhisi konmadan önce mutlu bir aileydik. Bunu öğrendiğimizde zaten ileri aşamadaydı. Doktorlar, bir şeylerin ciddi şekilde yanlış olduğunu fark etmiş olması gerektiğini söylediler, ancak bize hiçbir şey söylemedi. Acısının ve ıstırabının gerçeğini saklamıştı. Gerçek tedavi başladığında artık çok geçti ve doktorlar onu kurtarmak için çok az şey yapabilirdi. Sonunda onu kaybettik ve oğlum ona çok yakın olan annesini kaybetti. Yeniden evlenmeyi düşünmemeye karar vermiştim. Ancak son altı aydır oğlum zihinsel ve psikolojik olarak çok acı çekti. Annesini sende buldu. Tüm kredi sana gidiyor, söylemeliyim. Senin hakkında her şeyi biliyorum. Tulsibhabhi defalarca seninle en az bir kez görüşmemi istedi. Oğlumun bu kadar kısa sürede kimseyi annesi olarak kabul etmeyeceğini düşünerek bir şart vermiştim. Ama siz kimsenin inkar etmeyeceği bir mucize yaptınız. Bu yüzden, eğer sen de senin arkadaşın olabileceğimi düşünüyorsan, o zaman

zaman kaybetmeden seninle evlenmek istiyorum, böylece Chimpu'n annesini bu eve getirsin.

Banno sessizce cevap verdi, "Beni arkadaşın ve Chimpu'nun annesi olarak kabul ettiğin için teşekkür ederim. Son beş yıldır toplumumuzda Kötü Alamet Kadını olarak biliniyordum. Buna rağmen benimle evlenmeyi kabul ettin ve bana kendi gururumu geri verdin. Bir kadın olarak Chimpu ile yakın olmak benim için zor olmadı çünkü zihinsel olarak hazırdım. Sadece Chimpu'yu gerçekten seversem, sadece beni gerçekten peri arkadaşı olarak kabul ederse, ancak o zaman gerçek anlamda onun annesi olacağımı biliyordum. Chimpu'yu artık güvenebileceği, ondan oyun arkadaşı olmasını isteyebileceği, onunla tartışabileceği ve bir talep yerine getirilmezse ona bağırabileceği birine sahip olduğuna inandırmak benim için bir meydan okuma. Her anne gibi ben de onun tüm isteklerini yerine getirmek için elimden gelenin en iyisini yapacağım. En önemlisi de aşırı sevgi ve şefkatle şımartılmadığını göreceğim. Chimpu, sen ve ben de dahil olmak üzere toplumun gurur duyması gereken bir kişi olarak büyümeli." Banno gülümseyerek, "İkimiz de birbirimize tam olarak inanmaya karar verelim ve Chimpu ve teyzeyle birlikte bu evi yaşamak için güzel bir yer haline getirelim" dedi.

Kabul

Kantilal, Banno'nun yanına geldi, iki elini de tuttu ve "Banno, bunu söylemek için çok erken mi bilmiyorum. Ama şimdi söylemeliyim. Son iki üç gün, yani onunla tanıştığınız zamandan beri, oğlum Shantilal, yani Chimpu'nuz çok değişti. Son altı ay gülmedi, hatta benimle iyi konuşmadı. Gözleri annesini arıyordu. Seni bulduktan sonra, sanki kaybettiği en değerli şeyini geri bulmuş gibi kendi benliğine geri döner. Çocuğumuzu yetiştirme şeklinize asla müdahale etmeyeceğime dair size söz veriyorum. Ben dindar bir adamım. Tanrı'ya inanıyorum. Tanrı seni ailemi kurtarman için gönderdi. Annemin ıstırabını ve endişesini teyzenize açıklaması tesadüf değil. Ayrıca, hiçbir suçunuz olmadan acı çekiyor olmanız da tesadüf değildir. Tanrı'nın her birimiz için kendi planı vardır. Seni bu eve gönderdi. Şimdi teyzeniz de dahil olmak üzere her birimizin hayallerini gerçekleştirme sorumluluğunu size vermek bizim işimiz olacak. Özel bir ricam var. Lütfen yerleşmem için bana biraz zaman verin. Sadece altı ay önce çok sevdiğim eşimi kaybettim. Bu talihsiz olaydan çıkmam için bana yardım etmelisin. Biraz zaman alacak. Psikolojik ve duygusal olarak sana bağımlı olmak zorundayım. Sabırlı bir dinleyici olmalısınız. Yalnız kalmak istediğim zamanlar olacak. Bu anlar sizin için çok önemli olacak. En derin yaramı iyileştirmek için yardımına ihtiyacım olacak. Sizi yeni evli bir çiftle ilgisi olmayan bir duruma soktuğumu biliyorum. Fakat bu durum ikimiz için de farklı. Kendi hayatınızla ilgili bir hayaliniz olabilir. Hiçbir kızın hayali evli bir erkeğin çocuk sahibi olmasıyla başlayamaz. Çok üzgünüm. Çelişkilerle doluyum. Kalbime bu kadar yakın olan ve çocuğumun annesi olan eşimi unutmam mı gerekiyor? Tanımadığım bir kızla yeniden evlenmek için doğru şeyi mi yapıyorum? Çocuğum ve yeni kız arasındaki bağ güçlenmezse ne olur? Ben, sen, Shantilal, annem ve teyzen gibi tüm paydaşların çok fazla uyum sağlaması gerekiyor. İşe yarayacak mı? Sana yalan söyleyemem. Kafa karışıklıklarım nedeniyle hem gergin hem de karamsarım. Bunun gerçekleşmesi için ikimiz de çok çalışmak zorunda kalacağız. Tekrar tekrar aklıma gelen bir şey daha oldukça ciddi. Şu anda seninle tartışmam gerekip gerekmediğinden emin değilim."

Banno büyük bir dikkatle dinliyordu. Kantilal'in söylediği her kelimeyi analiz ediyordu. Onun içine kapanık bir erkek olmadığını görmekten oldukça mutluydu. Gerçeği söyleme cesaretine sahiptir. Kendisi için ciddi olan ve dile getirmekte tereddüt ettiği noktayı bilmek istedi. Kantilal'ın sahip olduğu tüm kafa karışıklığını gidermek istedi.

Ona şöyle dedi: "Şu anda sahip olduğun kafa karışıklıklarını gidermek istediğini bilmek beni mutlu ediyor. Sizi temin ederim ki, sizin kafa karışıklıklarınızla yaşama fırsatı vermeyeceğim. Merak etme. Bununla ben ilgileneceğim. Şimdi bana hangisini söylemekten çekindiğini söyle."

Kantilal, Banno'nun iki elini de kalbine yakın bir şekilde tuttu ve "Banno, böyle saçma sapan şeyler konuşmanın zamanı değil. Ama ben çaresizim. Gelecekte herhangi bir karışıklık istemediğim için, size son şüphemi söylemek istiyorum. Eminim, beni yanlış anlamayacaksınız."

Ama Kantilal bir şey söyleyemeden Banno konuşmaya başladı, "Tamam, tahmin edeyim. Kendi çocuğumuz olacak, o zaman belki de Chimpu ihmal edilecek bir durumdan korkuyor musunuz? Kendi çocuğumu Chimpu'dan daha çok zaman ayıracağımdan ve daha çok seveceğimden gerçekten korkuyor musun? Bu durumda, Chimpu ihmal edilecek mi? Söyle bana, bu senin korkun mu yoksa başka bir şey mi? Bilmek istiyorum."

Shantilal, Banno'nun entelektüel düşüncesinden çok etkilendi. Aceleyle Banno'nun iki elini sertçe bastırdı. Dedi ki, "Aman Tanrım! Sen çok zekisin! Aklımı okuyabilirdin. Bu harika! Evet, ben de aynı Banno'yu söylemek istedim. Tereddüt ettim. Ama konuyu sen kendin açtın. Çok teşekkür ederim. Lütfen şüpheyi ortadan kaldırmama yardım et."

Şimdi sıra Banno'da. Kantilal'dan yemek masasına oturmasını istedi. Bir bardak su getirdi ve Kantilal'a verdi. Kantilal tek seferde bardağı bitirdi. Banno bardağı ondan aldı ve yavaşça, "Ne söyleyeceğimi dikkatlice dinle. Şu anda önce Chimpu'ya odaklanalım. İki yıl sonra beş yaşında olacak. İyi bir okula kabul edilecek. Belki de ona iyi eğitim verebileceğimiz bir şehre taşınmamız gerekiyor. İki yıl sonra, Allah'ın lütfuyla, eğer kendi çocuğumuz olursa; Sevginin derecesini bilmek için çok küçük olacak. Hepimiz o çocuğu ve Chimpu'yu eşit derecede seveceğiz. Bunun yerine, Chimpu'ya çocuğumuzdan daha fazla davranmalı ve ona erkek veya kız kardeşine bakmayı öğretmeliyiz. Eminim; Gelecekte Chimpu çocuğun gerçek koruyucusu olacak. Yani, bunun için asla endişelenmeyin. Söylemek istediğin başka bir şey var mı?"

"Hayır hayır, hiçbir şey, aslında, tüm şüphelerimi giderdin. Bunun için çok teşekkür ederim. Sana o kadar minnettarım ki, zihnimde dönen tüm ıstıraplardan kurtuldum. Sen sadece akıllı kız değilsin; Siz de bir zihin okuyucusunuz. Shantilal'in emin ellerde olacağını biliyorum. Bu ev, sahibi olarak size sahip olduğunuz için şanslı." Dışarı çıkmaya başlamadan önce Banno, Kantilal'a katlanmış bir kağıt parçası verdi. Daha sonra görmek için cebinde tuttu.

Her ikisi de konuşmalarından memnun kaldı. Hem Bimladadi hem de Tulsibhabhi dışarıdaki verandada hevesle bekliyorlardı. İkisi de endişeliydi. Oğlan ve kız arasındaki tartışma hakkında hiçbir fikirleri yoktu. Yemek masasında yalnız kalalı neredeyse bir saat olmuştu. Bimladadi, Kantilal'ın odadan çıktığını gördüğünde, onun gülümsediğini görünce mutlu oldu. Banno onu takip ediyordu. Chimpu peri arkadaşının yanına gitmek için huzursuzdu. Ona doğru koştu. Banno onu koluna aldı ve alnından öptü.

Banno yavaşça Bimladadi'ye geldi, Chimpu'yu Tulsibhabhi yakınlarında yere koydu ve Bimladadi'nin ayaklarına dokunmak için eğildi ve "Sana 'Ma' diyebilir miyim?" dedi.

Bimladadi ağlamaktan kendini alamadı. Gözlerinden yaşlar döküldü ve Banno'nun yanında oturduğunu gördü. Banno yavaşça başını bir çocuk gibi Bimladadi'nin kucağına koydu. O da ağlıyordu. İkisi de ağlıyordu, nedeni bilinmiyordu. Tulsibhabhi onları gördü. Bimladadi elini Banno'nun başına koydu ve saçlarını okşamaya başladı. Tulsibhabhi duygularını kontrol edemedi. Gözlerinden yaşların süzülmesine izin verdi. Banno'su hakkını aldı. Son zamanlarda olan her şey için Tanrı'ya şükretti. Banno'yu ailesine geri götürmenin ve evlilik için tüm düzenlemeleri mümkün olan en kısa sürede yapmanın zamanı gelmişti. Shantilal, Banno'dan uzun süre ayrılmaya hazır değildi.

Yeni Başlangıç

Tulsibhabhi sessizliği bozdu. Kantilal'a şöyle dedi: "Oğlum, ikiniz de birbirinizle evlenmeyi kabul etmişsiniz galiba. Bir ricam var. Lütfen evliliğinizi herhangi bir nedenle geciktirmeyin. Yarın sabah Banno'yu kardeşimin evine götüreceğim. Rahibimizle görüştükten sonra tüm düzenlemeleri yapacağız ve olası tarihler hakkında sizi bilgilendireceğiz. Siz de tarihi istişare edip kesinleştirirsiniz. Başta Shantilal olmak üzere peri arkadaşının sonsuza dek yanında olması herkes için daha iyi olacak. Ne dersin?"

Kantilal bugün çok mutluydu. Banno, bu ailenin en uygun üyesi olacağını kanıtlamıştır. Tulsibhabhi'nin sorusuna sadece başını salladı. Dedi ki, "Kendini daha iyi hissettiğin her şeyi yapabilirsin. Talimatlarınızı takip edeceğim. Bize olası tarihleri gönderir göndermez, rahibimize danışacağız ve size son tarihi hemen göndereceğiz.

Tulsibhabhi ve Banno şimdilik izin aldılar. Chimpu başlangıçta onları bırakmaya hazır olmasa da, peri arkadaşının çok yakında bu eve kalıcı olarak gelmesi şartını kabul etti. Her iki bayan da eve geldi. Tulsibhabhi'nin oğlu Krishna onları bekliyordu. Banno koşarak Krishna'ya doğru geldi ve ona sarıldı. Krishna, kız kardeşinin gülümsediğini görmekten mutlu oldu. Annesi de "Her şey yolunda" dedi. Krishna, kuzeni Banno'yu tebrik etti ve ona iyi şanslar diledi. Banno,

Kantilal'in kuzeni Krishna'yı iyi tanıdığını biliyordu. Krishna, Kantilal'in iyi, basit ve dürüst bir insan olduğunu zaten belirtmişti. Üçü de Krishna'nın dayısının evine gitmek için hazırlandılar. Ertesi gün öğleden sonra Banno'nun ailesi Banno'yu mutlu ve gülümserken görünce çok sevindiler. Hep birlikte bir fincan çayın üzerine oturdular. Banno ve Krishna herkes için atıştırmalıklar getirmek için içeri girdiler. Tulsibhabhi herkese her şeyi anlattı. Kantilal teklifi kabul etti. Aile üyeleri, Banno'nun evliliğini zaten ayarlamış ve hata yapmadan başarısız olduklarından, hepsi herhangi bir ihtişam ve gösteriye karşı çıkmaya karar verdi. Bimladadi de aynı şeyi belirtmişti. Banno için süs eşyaları zaten hazırdı. Sadece elbise ve sareler düzenlenecekti. Rahiplerine evlerine gelmesini söylediler. Akşam yakın ve sevgili dostları ve akrabalarını bir toplantıya çağırdılar. Mekan, yemek ve davet konusunda öncelikli olarak karar vermeleri gerekiyordu. Zaman çerçevesi ile farklı aktiviteler için takımlar oluşturuldu. Evlilik için maddi bir sorun yoktu ve erkek gücü önemliydi. Tek sorun zaman sıkıntısıydı. Rahip iki hafta içinde üç tarih verdi. Kantilal'ın ailesine tarihler hakkında bilgi verdiler. Ertesi gün son tarih Kantilal'ın ailesinden geldi. Sadece 11 gün kaldı. Her iki aile üyesi de kendilerine verilen görevleri yerine getirmek için kendi pozisyonlarını aldılar.

Evlilik töreninin Tulsibhabhi'nin ikametgahından yapılmasına karar verildi. Bu sayede birçok sorun çözülecektir. Damadın ailesi de bu teklifi kabul etti. Tulsibhabhi'nin evinin önünde bir samiyana yeterli olurdu. Evlilik töreninin sade tutulmasına karar verildiği için Mangal Karyalaya, DJ vb. elendi. Evlilik gününün arifesinde, akşam Sangeet, Mehendi sınırlı katılımla gerçekleştirildi. Tüm ritüellere sadece her iki tarafın yakın akrabaları ve arkadaşları katıldı. Ertesi gün sabah, kararlaştırıldığı gibi, Kantilal, Bimladadi başkanlığındaki arkadaşları ve akrabalarıyla birlikte Tulsibhabhi'nin evine geldi. Banno hazırlanıyordu. Yakın arkadaşları farklı köylerden gelmişti. Beş yıl önce de Banno'nun evliliği için gelmişlerdi ama ne yazık ki bu gerçekleşemedi. Bu sefer hiçbir engel yoktu. Hepsi mutluydu. Damat partisi gelir gelmez ani bir kahkaha patlaması ve bağırış çağırış oldu. Banno başını kaldırdı ve evliliğin başarılı bir şekilde gerçekleşmesi için Tanrı'ya dua etti. Daha sonra, tüm ritüeller her iki tarafın rahiplerinin talimatına göre gerçekleştirildi. Son olarak çift, yüzük ve çelenk taktısının ardından Mangalsutra bağlama töreni gerçekleştirildi. Sırada Phere ve Sindurdaan ritüelleri vardı. Tüm yaşlılar ve gençler, Kantilal ve Banno'nun hayatlarının en önemli olayına tanık olmak için çiftin yanında toplandı. Evlilik töreni mutlu bir notla tamamlandı. Hem Bimladadi hem de Tulsibhabhi rahat bir nefes aldı. Orada bulunan herkes çifti kutsadı ve öğle yemeğine gitti. Banno, olan her şey için Yüce Allah'a bir kez daha teşekkür etti. Banno, Chimpu'yu istedi. Hiçbir şey anlayamayacak kadar küçüktü. Ama her ritüelden zevk alıyordu. İsteği üzerine Chimpu, peri arkadaşı Banno'nun yanına getirildi. Kucağına atladı. Banno onu alnından öptü ve fısıldadı, "Peri arkadaşın seni asla terk etmeyecek, bu onun sözü."

Akşam, Banno yeni arkadaşıyla yola çıkmaya hazırlanırken, anne ve babasının ne kadar acı çekmiş olabileceğini düşünüyordu. Son beş yıl onlar için sadece bir gece kısrağıydı. Onu görmeye gelen her evli erkek, kendi toplumu tarafından verilen 'Kötü Alamet Kızı' markası nedeniyle doğrudan reddedildi. Sadece bu etiketi kabul etmeyi reddettiği için Kantilal'e minnettar değildi, aynı zamanda onu tüm kalbiyle kendi çocukları gibi kabul ettikleri için ailesine de minnettardı. Eşinin ailesi tarafından kendisine verilen güveni asla bozmazdı. Ve Chimpu! O çok tatlı, çok sevimli. Her zaman onun peri arkadaşı olarak kalmaya çalışırdı. Yeğeninin hayata alıştığını görmek için son beş yıldan beri hiç ara vermeyen teyzesine minnettar kalacaktı. Özverili bir bakımdı. Kuzeni Krishna, her mevsimde her zaman yanındaydı. Etrafında bu kadar çok iyi dilek sahibi olduğu için kendini şanslı hissediyordu. Tulsibhabhi onu Kantilal'ın aile üyelerinin beklediği kapıya doğru götürmeye gelmişti. Banno tüm yaşlılardan tek tek hayır duaları aldı. Babasının yanına geldiğinde ağlamaktan kendini tutamadı. Eğilmek yerine babasına sarıldı. Babası tüm bu yıllar boyunca onun en iyi arkadaşıydı. Kimse bir şey konuşamıyordu. Gözleri birbirlerinin duygularını değiş tokuş ediyordu. Sanki baban, ne olursa olsun, babanın her zaman seninle olacağını garanti ediyormuş gibi, sevgilim.

Banno yeni sığınağına geldi. Bir grup bayan tarafından karşılandı ve bazı ritüeller gerçekleştirdi. Chimpu, peri arkadaşının o evde kalıcı olarak bulunacağından emindi. Rahatlamıştı. Onu kaybetme korkusu yoktu. Uzun bir süre sonra oynamak için büyük oyuncak kutusunu çıkardı. Akşam yemeğinden sonra Bimladadi, Banno'yu aradı ve ona bir kutu verdi. Chimpu'nun annesinin bir mücevher kutusuydu. Süs eşyalarını görünce sadece, "Anne, bu süs eşyaları bana ait değil. Israr edersen, o kutuyu yanımda tutabilirim ama emanetçi olarak. Zamanı geldiğinde onu gerçek sahibine teslim edeceğim" dedi.

Banno o kutuyu aldı ve Kantilal'ın onu beklediği odaya gitti. Kantilal'in yanına geldi ve "Bugün sana bir şey söylemem gerekiyor" dedi. Kantilal onun devam etmesini bekledi. "Kayınvalidem bu mücevher kutusunu bana verdi. Bunu onun emanetçisi olarak aldım. Bu yüzden benden asla bundan bir şey giymemi istemeyin. Ne yapmam gerektiğini biliyorum. İkincisi, öfkemi Chimpu'ya gösterdiğim zaman müdahale etmeyeceksin. Seninle benim aramda, ne zaman ona kızsam, bu yapay olacak. Ona bir şey öğretmek için olacak. Bunun gerçek olmadığını anlamayacak. Üçüncüsü, Chimpu'yu şımartmayın. Ben onun peri arkadaşı olarak kalacağım ve sen biraz katı olmalısın ve son olarak, hiçbir şey için birbirimizden şüphe etmeyeceğiz. Çözmek için tartışacağız" dedi.

Kantilal ona bakıyordu. Kendini şanslı hissediyordu. Banno'yu sadece basit değil, aynı zamanda açgözlülüğü olmayan biri olarak buldu. Süsten etkilenmezdi. İlk önceliği oğlu Chimpu'ydu. Tekliflerini kabul etti.

Dedi ki, "Bak, bundan sonra, annem ve sen neye karar verirseniz verin, ben onu takip edeceğim. Her ikinizin de bu evin ve üyelerinin iyiliğini dileyeceğinizi biliyorum. Ayrıca, şüpheyi unutun, bu evde herhangi bir yanlış anlaşılmayı önlemek için elimden geleni yapacağım. Sadece yapmam gereken bir ricam var. Şimdi oğlum için endişelenmiyorum. O emin ellerde. Lütfen annemin herhangi bir sebepten dolayı hiç incinmediğini görmeye çalışın. Zaten çok fazla ıstırabı vardı, artık değil." Gülümsedi ve kabul etti.

Yatma vakti gelmişti. Shantilal peri arkadaşıyla yatmak istedi. Bimladadi onu onunla yatmaya ikna etti. Banno'nun sabahtan itibaren onunla ilgilenmesi şartını kabul etti. Kantilal, Banno'dan yanına gelmeden önce ona biraz zaman vermesini istedi. Banno aldırmadı. Yanına oturdu ve onunla kendisi hakkında konuşmaya başladı. Bir süre sonra Kantilal'ın uyuduğunu gördü. O da uyumaya gitti.

Ertesi gün sabah kahvaltıdan sonra Kantilal dükkânına doğru yola çıktığında tiffin hazırdı. Banno ona bir çanta ve getirilmesi gereken sebze ve yiyeceklerin bir listesini verdi. Uzun bir süre sonra Kantilal yanında tiffin taşıyabilir hale geldi. Bimladadi biraz geç kalktı ve Banno'nun her şeyi hazır tuttuğunu görünce şaşırdı. Shantilal henüz ayağa kalkmamıştı. Kantilal ayrıldıktan sonra kayınvalidesine "Anne, lütfen çay ve bisküvi için yemek masasına gel" diye sordu. Bimladadi Banno'yu gözlemliyordu. Bir gün içinde bu kız tüm sorumlulukları omzuna aldı. Çok mutluydu. Banno'ya yaklaştı ve çenesine dokundu. Hiçbir şey söylemeden yemek masasına oturdu. Banno iki fincan çay ve biraz bisküvi getirdi. İkisi de çaylarını yudumlarken konuşmaya başladılar. Genellikle, Shantilal sabah 7'de kalkar ama bugün henüz kalkmadı. Hiçbir endişesi yok.

Banno ona yaklaştı. Derin bir uykudaydı. Banno saçlarını okşadı, alnından öptü ve oğluna kahvaltı hazırlamak için mutfağa gitti. Bir kız evliliğinden başka ne bekleyebilir? İyi kalpli bir kocası, anlayışlı bir kayınvalidesi ve sevimli, sevimli bir oğlu var. Tanrı onun dileklerini yerine getirecek kadar naziktir. Kabusu sona ermişti. Yatak odasından hafif bir çığlık duydu. Banno aceleyle oraya gitti ve Chimpu'nun yatakta oturduğunu ve ağladığını gördü. Banno yanına geldi ve onu kucağına aldı. Hemen ağlamayı bıraktı ve ona sarıldı. Onu gördüğüne sevindi.

"Oğlum Chimpu, bu evden asla ayrılmayacağıma dair sana söz verdim, o zaman neden ağlıyordun?" Banno, Chimpu'ya sordu.

"Kalktıktan sonra seni bulamadım. Gittiğini sanıyordum ve seni kaybettim. Çok korktum ve ağlamaya başladım. Ama şimdi iyiyim", diye yanıtladı Chimpu. Banno, Chimpu'nun tazelenmesine yardım etti ve onu yemek masasına getirdi. Ekmek, kızarmış ekmek ve bournvita ile süt onun için hazırdı. Chimpu peri arkadaşından onu beslemesini istedi. Banno onu sevgi ve özenle besledi.

Bimladadi, Banno'ya öğle yemeği hazırlaması için yardım etti. Banno, Chimpu'nun banyoyu bitirmesine ve kıyafetlerini yerleştirmesine yardım etti. Chimpu'yu Bimladadi ile birlikte tutan Banno, puja odasına gitti. Her şey için Yüce Allah'a bolca teşekkür etti. Tanrı onun son beş yıldır çektiği neredeyse sonsuz ıstıraptan çıkmasına yardım etti. Pujadan sonra, üçüne de öğle yemeği servisi yapmak için mutfağa geldi. Kantilal'ın yanında tiffini de vardı. Banno çok yorgundu. Öğle yemeğinden sonra Chimpu'yu yatak odasına götürdü. Her ikisi de Banno'nun Chimpu'ya söylediği hikaye tamamlanmadan önce uykuya daldı. Banno akşam saat 4'te kalktı ve akşam çayı hazırlamaya gitti. Bimladadi onu bekliyordu. Çaydan sonra Banno, son altı aydır göz ardı edilen evi düzenlemeye başladı. Chimpu kalktı ve süt ve atıştırmalıklar için Banno'ya geldi. Akşam Krishna, ertesi gün akşam yemeği için Tulsibhabhi'nin davetiyle geldi. Banno, Krishna ile birçok şey tartıştı. Krishna kuzeninin gülümsediğini görmekten çok mutlu oldu. Aylarca bariz sebeplerden dolayı gülümsemedi. Şimdi eski haline geri döndü. Yıllar sonra, sevgi dolu kız kardeşi mutluydu. Allah ona bütün nimetlerini versin. Banno, kardeşi Krishna'dan akşam yemeğine gelmesini istedi. Kantilal'in geri dönme zamanı gelmişti. Tereddüt etmesine rağmen, Bimladadi geride kalması ve kız kardeşinin isteğini yerine getirmesi konusunda ısrar etti. Krishna herkesle birlikte akşam yemeğine katılmayı kabul etti. Akşam 8'de Kantilal geri geldi ve herkesin konuştuğunu ve gülümsediğini gördü. Uzun bir süre sonra hem annesinin hem de oğlunun mutlu olduğunu fark etti. Shantilal koşarak babasının yanına geldi. Kantilal oğlunu kucağına aldı. Shantilal, peri arkadaşının kahvaltı ve öğle yemeğini nasıl hazırladığını, onun tazelenmesine nasıl yardım ettiğini, onu nasıl beslediğini vb. tüm detayları vermeye başladı. Kantilal oğlunu gözlemliyordu. Oğlu bir gün içinde kötümserden iyimser bir bireye dönüştü. Bütün bunlar sadece Banno'nun bu evin saltanatını ele geçirmesi nedeniyle oldu. Banno'yu evine gönderdiği için Tanrı'ya şükretti. Kantilal, oğlunu tüm sorularıyla tatmin ettikten sonra, tazelenmek için ayrıldı. Banno herkese akşam yemeği servisi yapıyordu. Kendisi onlara hizmet etmek için masaya katılmadı. Krishna, Kantilal'in özgürce konuşmaya başladığını görmekten çok mutlu oldu. Hepsi akşam yemeğini bol konuşma ve kahkaha ile bitirdi. Banno, kulfi getirmesi için Kantilal'ı aramıştı. Kulfi servis edilmeden önce hepsi Banno'nun akşam yemeğini tamamlamasını bekledi. Uzun bir süre sonra bu ev eski ihtişamına geri dönmüştü. Krishna'nın ayrılmasından sonra, Banno mutfak işlerini bitirdi ve sonra herkese uyumaya devam etmelerini söyledi. Bimladadi ve Shantilal Dadi'nin odasına, Kantilal ve Banno da onların odasına gittiler. Banno, günün faaliyetlerinin ayrıntılarını verdi ve Kantilal de gıda ve ilaç müfettişi ile nasıl başa çıktığını anlattı. Neredeyse yarım saat sonra birbirlerine iyi geceler dilerler.

Dini Gezi

Banno bir gezi düzenlemeyi planlıyordu. Görüşmek için hem babası hem de Tulsi teyzesi ile telefonda konuştu

mekan, tarih ve diğer düzenlemeler hakkında. Gelecek ay Shivratri'yi kutlamalarına karar verildi. Hepsi, köylerinden yaklaşık 250 km uzaklıkta bulunan Jyotirlinga'lardan birine gidecekler. Banno'nun babası bu programın tüm düzenlemelerini yapacaktı. Shivratri Banno'dan bir gün önce gezi konusunu açtı. Bu programı dini olmaktan çok duygusal hale getirmek istedi.

"Çocukluğumdan beri, bu günü oruç tutarak ve Lord Shiva'nın pujasını kutladım. Ailem her zaman iyi bir koca ve aile bulacağımı söylerdi. Ama beş yıl önce, o işe yaramaz adam evliliği bozduğunda, Lord Shiva'ya olan inancımı kaybettim ve yıllık pujamı durdurdum. Her yıl, eğer oradaysanız, bana hakkımı verin derim. Bunu elde ettiğimde, ancak o zaman sizin pujanıza tekrar başlayacağım. Şimdi arzu ettiğimden daha fazlasını aldığıma göre, Shivratri Puja'mı eskiden yaptığım gibi yeniden başlatmak istiyorum. Ama bu sefer her iki taraftaki tüm aile üyelerimle birlikte Jyotirlinga'lardan birine gideceğiz. Babam bizzat son haftalarına gitti ve tüm düzenlemeleri yaptı. Sabah erkenden 5.30'da hazır olmalıyız çünkü otobüs Krishna ve teyzeyi aldıktan sonra buraya gelecek. Öyleyse akşam yemeğinizi tamamlayın ve uyumaya gidelim. Hepimiz sabahları erken kalkmak zorundayız."

Hem Bimladadi hem de Kantilal, program hakkında bilgi edinince çok şaşırdılar. Şaşırtıcı derecede iyi bir haberdi. Aslında son birkaç gündür Kantilal de Banno için bir şeyler yapmayı düşünüyordu. Güzel bir tesadüf oldu. Özellikle Bimladadi, Banno'nun bu kadar dindar olduğunu görmekten çok mutlu oldu. Bimladadi, Kantilal çok küçükken kocasıyla birlikte söz konusu Jyotirlinga'yı sadece bir kez ziyaret etmişti. Kocası, Kantilal on birinci sınıftayken öldü. Bimladadi, kocasının bakkalını işletmek de dahil olmak üzere tüm sorumlulukları almak zorunda kaldı. Kantilal, annesine yardım etmek için okuldan ayrılmak zorunda kaldı. Kısa süre sonra bakkal işinin tüm inceliklerini öğrendi. Beş yıl içinde bağımsız olarak işine başladı. Annesinden dinlenmesini istedi. Banno'ya hayır dualarını verdi; Banno sayesinde yıllar sonra bir kez daha Jyotirlinga'yı ziyaret edebilir. Yemekten sonra Kantilal odasına gitti. Banno'nun gelmesini bekledi. Banno gece işlerini tamamladı ve odaya geldi. Kantilal'ın yatakta oturduğunu gördü.

"Henüz uyumadınız, bir şeye ihtiyacınız var mı? İşte su şişesi."

Kantilal o şişeyi aldı ve elini tuttu. Onu yanına çekti, yanına oturmasını istedi. Tereddüt etti ama Kantilal ısrar etti. Yanına oturdu. Onu iki eliyle tutan Kantilal, "Sen bir sihirbaz mısın? Ben de benzer bir şey düşünüyordum. Aklımı okudun. Tanıştığımız ilk gün, o gün de çocuğumuzla ilgili aklımdan geçenleri okumuştun. Annemin gözlerini gördün mü? Uzun bir süre sonra onu çok mutlu buldum. Sana teşekkür edecek kelimelerim yok. Bu eve geldiğiniz günden itibaren her şey değişti. Her yerde mutluluk var. Bu dönüşümü nasıl gerçekleştirebilirsiniz?"

Kantilal yavaşça iki elini yüzüne yaklaştırdı ve öptü. Banno direnmedi. Gözlerinden yaşlar düştü. Kantilal gözyaşlarını gördü. Gözyaşlarını eliyle sildi. Alnından öptü. Banno bilmeden başını Kantilal'ın omzuna koydu. Banno ne olduğunu anlamadan önce bir süre o pozisyonda oturdular. Aceleyle kalktı ve Kantilal'a ertesi günkü programı hatırlattı ve uyumasını istedi.

Banno sabahın 4'ünde kalktı. Oldukça karanlıktı. Kendini tazeledi, banyo yaptı ve puja odasına gitti. Pujadan sonra, tiffini herkes için hazırlamak için mutfağa gitti. Sabah 5'te Kantilal'ı aradı, onu uyandırdı ve hazırlanmasını istedi. Daha sonra Bimladadi'nin odasına gitti ve hem Chimpu'yu hem de kayınvalidesini uyandırdı. Chimpu hemen ayağa kalktı ve kucağına gitti. Banno onun tazelenmesine ve yeni bir elbise giymesine yardım etti. Çay ve süt aldılar ve otobüsün gelmesi için hazırdılar. Otobüs zamanında geldi. Krishna otobüsten indi, Banno ve Kantilal'a tiffini ve puja için gerekli olan temel eşyalarla dolu bir bavulu taşımaları için yardım etti. Sonra Kantilal'ın köyü için her şey başladı. Bir saat içinde oraya ulaştılar; Banno'nun ailesi onları bekliyordu. Hem Kantilal hem de Krishna otobüsten indiler ve Banno'nun ebeveynlerinin otobüse binmesine yardım ettiler. Banno ilk kez Kantilal'e yakın olmak istedi. Kantilal'ın da benzer şekilde düşündüğünü bilmiyordu. Otobüs varış noktasına doğru yola çıktı. Neredeyse beş ila altı saatlik bir yolculuk olacak. Kantilal her şeyin arkasında oturuyordu. Banno herkese su içmeyi sorduğunda, Kantilal elini kaldırdı ve su şişesini istedi. Banno şişeyle geldi ama Kantilal yanına oturması için onu işaret etti. Banno sadece başını salladı ama hemen oturmadı. Herkese büyük boy bir matara içinde çay servisi yapmaya başladı. Kendileri için iki tek kullanımlık bardak çay yaptı. Kantilal'ın yanına gitti ve yanına oturdu ve ona bir fincan çay verdi. Banno çayını tamamladıktan sonra hareket etmedi. Her ikisi de bittiğinde, Kantilal her iki boş kağıt bardağı da aldı, ezdi ve daha sonra atmak için oturdukları yerin altında tuttu. Şoför kahvaltı için otobüsü durdurmadan önce yaklaşık bir saat boyunca tek kelime etmeden birbirlerinin elini tutarak oturdular. Herkesin istediği kahvaltıyı yaptığı büyük bir restorandı ama Banno gibi oruç tutanlar süt hazırlığıyla sınırlıydı. Chimpu en çok keyif alıyordu. Her şeyi test etmek istedi. Sırayla her üyeye gitti ve tabaklarından bir ısırık aldı. Banno bir şişe Amul badem sütü istedi. Chimpu onu bir pipetle içti. Kahvaltıdan sonra otobüs hareket etti ve Kantilal, Banno ile birlikte oturdu. Tapınağa vardıklarında saat öğleden sonra bir buçuktu. Bir sürü adanmışla doluydu. Tanrının 'Darshan'ı için kuyruklar vardı. Ayakları yıkadıktan sonra hepsi kuyruğa girdi. Her birinin Lord Shiva'ya sunmak için yarısı sütle dolu küçük bir bardağı vardı. Banno kendisi için hiçbir şey istemedi. Zaten verdiği her şey için Tanrı'ya şükretti. Ayrıca Lord Shiva'dan aile hayatına sonsuz barış ve mutluluk getirmesini istedi.

Son olarak, kocası Kantilal ve oğlu Chimpu'ya uzun ömür vermesini istedi. Aile üyeleri daha sonra bir rahibin talimatı altında 'Abhishek' pujası için oturdular. Yaklaşık bir saat sürdü. Pujadan sonra, tapınak güveni tarafından onlara 'Prasad' verildi. Hepsi en çok 'Prasad'dan keyif aldı. Tüm düzenlemeler mükemmel bir şekilde uygulandı. Banno, dileğini gerçekleştirdiği için babasına teşekkür etti. Biraz dinlendikten sonra arkalarına baktılar. Herkes için unutulmaz bir geziydi. Tulsibhabhi ve Bimladadi çok mutluydu ve çifti gelecekteki evlilik hayatları için kutsadı. Dönüş yolunda öğle yemeklerini yediler. Banno'nun dileği yerine getirildi.

Eve döndüğünde Banno, kocası Chimpu'dan tazelenmesini istedi. Kendisi bunun için Chimpu'ya yardım etti. Bimladadi ve Chimpu uyumaya gittiler. Banno yatak odasına geldi. Kantilal onu heyecanla bekliyordu. İçeri girdiğinde Kantilal yanına geldi ve Banno daha bir şey anlayamadan ona sarıldı. Onu kaldırdı ve "'Jyotirlinga Darshan' gezisini planladığınız için çok teşekkür ederim. Hepimiz çok mutluyduk."

Onu yatağa getirdi ve yavaşça yatağa bıraktı. Kantilal yavaş yavaş ona doğru gelirken Banno çok mutlu hissetti. Ondan uyumasını istedi. İkisi de uyumak için ellerinden geleni yaptı ama ikisi de uyuyamadı. Sonunda Kantilal elini Banno'ya doğru uzattı. Banno elini tuttu ve fısıldadı, "Bu eli bırakmayacağım ve bu benim sözüm." Banno'nun elini tutan Kantilal, şansını düşünüyordu. Şimdiye kadar kendini gelmiş geçmiş en talihsiz insan olarak görüyordu. Erken yaşta babasını kaybetti, ailesini geçindirmek için okulunu bırakmak zorunda kaldı ve ardından eşini kaybetti. Depresyona girdi. Neredeyse işine olan ilgisini kaybetti. Annesi Bimladadi, bakkal dükkanına devam etmesi için ona yeterince cesaret verdi. Her nasılsa eski aklına gelmeye başladı. Oğlu Shantilal için endişeleniyordu. Ona ne olacaktı? 'Üvey anne' kavramına şüpheyle yaklaştığı için yeniden evlenmeye karşıydı. Shantilal'ın hayatıyla asla kumar oynamazdı. Bu yüzden annesini yeniden evlenme konusunda sürekli olarak cesaretlendiriyordu. Ama Banno'yu görüp onunla konuştuğunda ve Shantilal'ın onunla çok rahat olduğunu öğrendiğinde, ancak o zaman tekrar evlenmeye karar verdi. Ama Tanrı'nın Banno'yu karısı ve Shantilal'ın annesi olarak gönderdiği için bu kadar minnettar olacağını hiç beklemiyordu. Şimdi Banno'yu her zaman mutlu görme sırası onda olacaktı. Banno çok yorgun olduğu için uykuya dalmıştı. Kantilal, uyuyan güzeli Banno'nun masum yüzüne bakıyordu ve uykuya daldı.

Kantilal'in artık bakkal alanındaki toptan satış hizmetlerindeki işini genişletmesine yardım eden Krishna adında bir kişisi vardı. Krishna, kârlı bir anlaşmayla toptan müşterileri Kantilal'e getirecekti. Perakende satış işletmeleri ayrı ayrı işletilecek, ancak toptan satış kısmı ortaklaşa bakılacaktı. Başka bir deyişle, Kantilal ve Krishna toptan bakkal işinde ortaktılar. Kısa sürede her ikisi de kendilerini başarılı iş ortakları olarak kabul ettirdi. Finansal olarak da oldukça istikrarlı hale geldiler.

Banno, Kantilal'in davranışında ince bir değişiklik buldu. Beşinci hissi, ona yakın olmak istediğini gösteriyordu. Onunla konuşmaya başlardı ve aniden ne hakkında konuştuğunu unuturdu. Ara sıra onun elini tutar ve hiçbir şey söylemeden otururdu.

Bir gün, böyle bir olayda, yatakta oturup konuşurken, kocasına sordu, "Bak, son zamanlarda bir şey söylemek istediğini ama tereddüt ettiğini gözlemledim. Neden bilmiyorum? Aksine, söylemek istediklerinizi sizden duymak için sabırsızlanıyorum. Lütfen benden hiçbir şey saklama. Ben senin karınım. Senin mutlu olduğunu görmek benim görevim. Sana bir şey söyleyeyim. Hayatımı sürdürmem için bana ikinci bir şans vererek, sadece benim için yaptığın her şey için sana saygı duymakla kalmıyorum, beni unutulmaktan kurtardın, sinir krizinden kurtardın, beni sözde 'Kötü Alamet' etiketinden kurtardın, seni seviyorum çünkü bana Chimpu'nun asırlık "üvey anneler iyi olamaz" kavramını geçersiz kılan sorumluluğunu verdin.

"Sen benim idolüm, danışmanım, kurtarıcım ve çok sevdiğim kocamsın."

Kantilal, Banno'nun açık sözlülüğünden o kadar etkilendi ki, iki avucuyla yanaklarını tuttu ve yanına yaklaştı ve alnından öptü.

"Ben de seni seviyorum Banno. Sana nasıl teşekkür edeceğimi bilmiyorum. Sen de bizi ailemin büyük bir yıkımından kurtardın. Senin gibi çok yönlü bir kız için, çocuğu olan dul bir kişiyle evlenmeyi kabul etmek beklenmedik bir şey, ama sen kabul ettin. Bu aileye çok ihtiyaç duyulan bir yaşam süresi vermeyi kabul ettiniz.

Bizim için yaptığınız büyük bir fedakarlık. Ailemizin istikrara kavuşmasına yaptığınız katkıyı asla unutmayacağım. Aksine, bu ailenin her bir üyesi size her zaman minnettar kalmalıdır. Chimpu'nuzu koşulsuz sevginize ve şefkatinize layık kılmaya çalışacağım."

Banno'yu daha da yaklaştırdı ve öptü.

Mutlu sürpriz

Yaklaşan yeni 'Baisakhi' yılını kutlamayı planladılar. Kantilal, yeni iş yılı vesilesiyle sadece bakkal dükkanını yenilemekle kalmadı, aynı zamanda bitişikteki dükkanı satın alarak genişletti. Krishna ve Kantilal, toptan market yükünü bir yerden başka bir yere taşımak için üç tekerlekli bir tempo satın aldı. Bugünlerde civardaki köylerin bakkalları pazarlama için şehre gitmiyor. Hepsi iş ihtiyaçları için Kantilal'e güveniyor. Kapıdan kapıya teslimat, tüm perakendeciler için ek bir avantajdı. Herkes için bir kazan-kazan durumuydu. Şehre sık sık yapılan ziyaretler neredeyse bir günlük kayıp anlamına geliyordu. Kantilal ve Krishna sadece bir telefon uzağınızdaydı. Gerekli listeyi iletirlerdi ve dükkanlarına teslim ettirirlerdi. Kantilal'ın köyü ve çevresindeki tüm bakkal esnafı çok mutluydu.

Kantilal, Baisakhi gününde yakın zamanda yenilenmiş ve genişletilmiş dükkanında puja yaptı. Krishna'yı, Tulsibhabhi'yi ve Banno'nun ebeveynlerini davet etti. Yeni dükkanın açılışı, dükkanın içindeki pujadan önce Banno'nun elinde yapılacaktı. Buna göre, herkes kurdele kesme töreni için dükkanın yakınında toplandı. Banno, kayınvalidesini yanına çağırdı. Makası ona verdi ve kurdeleyi kesmesini istedi. Kimse bu asil jesti beklemiyordu. Bimladadi'nin ısrarı üzerine hem Banno hem de Bimladadi kurdeleyi birlikte kesti. Hepsi rahibin puja ritüellerine başlamak için hazırlandığı yere girdiler. Hem Kantilal, hem Banno, hem de Chimpu ritüelleri gerçekleştirmek için birlikte oturdular. Banno kendini iyi hissetmiyordu. Ama kimseyi rahatsız etmek istemediği için annesini korudu. Ancak annesi onun iyi olmadığını gözlemledi. Bimladadi'ye gitti ve fısıldadı:

"Kızımın davranışlarının değiştiğini fark ettiniz mi? Belki de bir şey saklıyordur. Bir fikrin var mı?"

Bimladadi alarma geçti. Bir süre Banno'yu gördü. Banno'nun annesi haklıydı. Banno'nun durumu iyi değil. Ne oldu? Krishna'yı aradılar ve ondan evlerinde bir doktor çağırmasını istediler. Krishna'nın ayrılmasından sonra, Bimladadi rahipten puja ritüellerini mümkün olduğunca erken tamamlamasını istedi çünkü herkesin başka işler için eve gitmesi gerekiyor. Pujadan sonra herkes eve geldi. Kısa süre sonra doktor da geldi. Kantilal, doktoru evinde görünce şok oldu. Aman tanrım! Kim hasta? Neden bilmiyor. Bimladadi doktordan Banno'yu odasında kontrol etmesini istediğinde, Kantilal gerginleşti. Ona ne oldu? Neden hastalığı hakkında onu bilgilendirmedi? Hepsi dışarıda bekledi. Doktor gülümseyerek odadan çıktı. "İyi haber, Banno hamile" dedi.

Hepsi en yüksek perdeden bağırdı, "Tanrıya şükür."

Bimladadi, Tulsibhabhi ve Banno'nun annesi Banno'nun odasına girdiler. Banno ayaklarına dokunmak için eğildi. Bütün ihtiyarlar hayır dualarını verdiler. Doktor, Banno'nun günlük beslenme ve fiziksel aktivitelerinin ayrıntılı bir çizelgesini verdi. Akşam yemeğinden sonra herkes kendi evlerine gitti.

Kantilal, oturma odasında Banno'nun günlük işlerini tamamlamasını bekliyordu. Şimdi farklı bir ruh halindedir. Gün boyunca çok şey oldu. Banno, 'Kötü Alamet' olarak damgalandı. Allah'a şükür o aptal insanlar bu ismi verdiler; aksi takdirde Banno bugün onunla olmazdı. O, bu ev için 'En İyi Alamet'. Onun yüzünden her şey değişti. Shantilal, annesi Pramila öldüğünde iki buçuk yaşındaydı. Annesini geri aldı. O şimdi beş yaşında. Geçen gün Banno iyi bir okula kabul edilme hakkında konuşuyordu. Bu köyün iyi bir okulu yok. İyi bir okula sahip olan ve bakkalından çok uzakta olmayan daha iyi bir yere taşınmaları gerekiyor. Şimdi karısına zaman tanıyacak. Kendini yalnız hissetmemeli. Başka bir çocuğun babası olacak. Çok şanslıydı. Banno'ya onun için bir bardak sütle geldi. Bardağı aldı, masanın üzerinde tuttu, ellerini tuttu ve önüne oturmasını istedi.

Banno buna göre oturdu ve "Bugün neden hepiniz bu kadar farklı davranıyorsunuz?" diye sordu. Kantilal bir süre hiçbir şey söylemedi. Sonra yavaşça sordu, "Biliyordun, ama bana söylemedin, neden?"

Banno gülümsedi ve cevap verdi: "Emin değildim. Ancak tüm göstergeler olumluydu. Üzgünüm, seni asla incitmek istemedim, lütfen beni affet." Kantilal çok mutluydu. O sadece Banno'yu daha mutlu etmek istiyordu.

Ona sordu, "Hepimize çok iyi haberler verdin. Hepimizin ne kadar mutlu olduğuna şahit olmuşsunuzdur. Şimdi seni mutlu etme sırası bende.

Size seçtiğiniz bir hediye vermek istiyorum. Bana neye sahip olmak istediğini söyle?"

"Dileğimi gerçekten yerine getirecek misin?" Diye sordu ona.

"Evet, ne dersen de. Bunu yerine getirmek için elimden gelenin en iyisini yapacağım. Bu benim sözümdür" diye yanıtladı Kantilal.

"Oğlum Chimpu için iyi bir okul aramaya başlayacağınıza dair bana haber verin. Eğer bunun için uzak bir yere taşınmamız gerekiyorsa, tereddüt etmeyeceksiniz. Bunu benim için yapabilir misin? Eğer yaparsan, bu beni en mutlu insan yapacak. Chimpu'yu bu dünyanın en başarılı adamı olarak görmek istiyorum. Söyle bana, bunu benim için yapabilir misin? Banno dileğini belirtti.

Kantilal şaşırmıştı. Ondan bu cevabı hiç beklemiyordu. Mutlu olmaktan çok şaşırmıştı. Bir insan nasıl bu kadar özverili ve başkalarını önemseyebilir? Banno'yu daha çok tanımaya çalıştı, kafası daha da karıştı. Shantilal'in eğitim önerisi hakkında söz verdi. Yaklaşık bir saat sonra Banno, yatak odasına kadar kendisine eşlik etmesini istedi.

Yeni Gelenler

Zaman hızla geçiyordu. Banno ile ilgili birçok ritüel gerçekleştirildi. Chimpu, yaklaşık 30 kilometre uzaklıktaki yakındaki bir şehirde bulunan ünlü bir devlet okuluna kabul edilecek. Bu, bu yerden taşınmaları gerektiği anlamına gelir. Arada Krishna, Banno'nun eski okul arkadaşının küçük kız kardeşiyle nişanlandı. Bu teklifin hayata geçirilmesi için Banno'nun kendisi öncülük etti. Her şey çok hızlı ilerliyordu. D günü geldi çattı ve Banno hastaneye kaldırıldı. Her şey normaldi. Banno bir kız çocuğu dünyaya getirdi. Aslında Kantilal bir kız çocuğu istiyordu. Dileği yerine geldi. Hepsi Banno'ya teşekkür etti ve her ikisinin de bir an önce iyileşmesini ve eve dönmesini diledi. Chimpu kız kardeşine sahip olduğu için çok mutluydu. Son yedi aydır onunla oynayacak yeni bir bebeği olacağını duyuyordu. Banno, Chimpu'nun ihmal edilmiş hissetmemek için tüm dikkatleri üzerine çektiğini göremeyecek kadar dikkatliydi. Aile üyelerinin her biri bunu en ince ayrıntısına kadar gözlemliyordu. Üç gün sonra Banno, yeni doğmuş sevimli kızıyla eve geldi. İsim verme töreni sırasında herkes kendi seçtikleri isimleri veriyordu. Banno, Chimpu'ya da sordu. Hemen kız kardeşine 'Chhutki' adını verdi. Kantilal 'Chinmoyee' dedi. Hepsi bu ismi kabul etti. Yani şimdi herkes için, kız 'Chhutki' olarak bilinecekti ve tüm resmi amaçlar için adı 'Chinmoyee' olacaktı. Banno, Chimpu'ya Chhutki'den daha fazla zaman ayırmaya karar verdi. Bu, kardeşler arasında samimi bir ilişki yaratacaktır. Akşam oyunundan sonra boş zamanlarında Chimpu'nun Chhutki'ye bakmasına izin verdi.

Tüm aile üyeleri, Shantilal'i disiplinli bir yaşam eğitimi vermek için bir yatılı okula gönderme fikrini ortaklaşa araştırmaya başladılar, ancak Banno 'Hayır' dedi. Oğluyla ayrılmaya hazır değil. Ayrıca, çocuğu pansiyona göndermek zorunlu olana kadar çocukların ebeveynleri ile birlikte büyümeleri gerektiği görüşündedir. Sonraki en iyi seçenekler ya Sainik Okulu ya da Kendriya Vidyalaya ya da Navodaya Vidyalaya idi. Neyse ki, yakındaki şehirdeki Sainik Okulu, üniformalı erkeklerin eşleri tarafından işletilen ilk bölümüne yakın zamanda başlamıştı. Hepsi Shantilal'ı o okula koymayı kabul etti. Buna göre o okulu ziyaret ettiler ve minik öğrencilerin öğretmenleriyle oynadığını gördüler ve çok mutlu oldular. Banno, oğlu için bu atmosferi istedi. Öğrenirken mutlu olmalı. O da Chimpu'ya bakmak ve derslerine yardım etmek için oradaydı. Ebeveynlerin, koğuşlarını yetiştirmek için ne kadar zaman ayıracaklarını görmek için bir röportaj yapıldı. Banno, mülakat kurulundaki tüm hanımları memnun etti. Shantilal, Hindistan Hükümeti Sainik Okulu'nun ilk bölümüne kabul edildi. Şimdi köylerinden şehre taşınmak zorundalar. Okulun yakınında olan iki odalı bir daireyi kiraya verdiler. Kantilal'ın haftada birkaç gün köyde kalmasına ve hafta sonları ailesiyle birlikte şehirde kalmasına karar verildi. Sonunda aile şehre taşındı ve Shantilal öğrencilik hayatına başladı. Ayrıca

Banno'nun ebeveynlerinin, kızlarının yeni bir yere yerleşmesine yardımcı olmak için evlerini sık sık ziyaret etmelerine karar verildi.

Şehirde Yaşam

Buna göre, aile şehre taşındı. Tulsibhabhi, Banno'ya yardım etmek için onlarla birlikte geldi. Banno için ev işlerinde yardım almayı başardı. Evi döşemek zorunda kaldılar. Bir mobilya dükkanına gittiler ve çift kişilik yatak, tek kişilik yatak, yemek masası takımı, ayrıca Shantilal için bir çalışma masası ve Chhutki için bir beşik gibi gerekli mobilyaları seçtiler. Ayrıca bazı mutfak gereçleri de satın aldılar. Manav Kantilal tarafından getirildi ve mutfak işlevsel hale geldi.

Orada bir hafta kaldı ve sonra Kantilal ile geri döndü.

Kantilal işini epeyce büyütmüştü. Artık ekonomik olarak iyi durumdaydı. Banno'ya bir sürpriz yapmak istedi. Planını Krishna ile tartıştı. İkisi de önümüzdeki ay gerçekleşecek olan doğum gününde Banno'ya bir Omni araba hediye etmeye karar verdiler. Ayrıca onu bir sürücü kursuna da gönderecekti. Shantilal'ı okuluna bırakmak için kendini sürebilir. Bu ona olan güveni artıracaktır. Buna göre, Suzuki otomobil bayisine gittiler ve bir Omni rezervasyonu yaptılar. Bayi, EMI tesisi ile %50 banka kredisi düzenledi. Hiçbir şey açıklamadan, hem Kantilal hem de Krishna şehirdeki bir otelde bir program düzenlediler ve tüm akrabalarını akşam yemeğine davet ettiler. Banno'nun ailesi doğum günü hediyesi olarak büyük bir televizyon hediye ederdi. Tulsibhabhi'nin ailesi, kek yapma kapları olan bir mikro fırın vermeye karar verdi. Banno bu düzenlemelerden habersizdi.

D günü geldi çattı. Banno, Kantilal'in 'Doğum Günün Kutlu Olsun' dilemek için köyden gelmesini bekliyordu. Ama sabah gelmedi. Öğleden sonra geldi ve bir çiçek buketi verdi ve ona dilek diledi. Kantilal'in doğum gününü hatırladığını görünce çok mutlu oldu.

Kantilal, "Bugün akşam yemeğimizi dışarıda yiyeceğiz. Hepimiz annemle birlikte gideceğiz. Akşam 6'ya kadar hazır olun." Shantilal de çok mutluydu. Kız kardeşinden hazırlanmasını istedi. Chhutki hiçbir şey anlayamayacak kadar küçüktü. Başkalarının iletişimine cevap vermeye yeni başlamıştı. Annesini, babasını, babasını ve erkek kardeşini tanıyabiliyordu. Başka kimseye gitmezdi.

Banno her iki çocuğu da hazırladı, Kantilal'in elbisesini seçmesine yardım etti. Ondan sonra hazırlanmak için odasına gitti. Dışarı çıktığında Kantilal onun güzelliğini görünce çok etkilendi. Çarpıcı görünüyordu.

Ona geldi ve "Canım, çok güzel görünüyorsun. Seni çok seviyorum."

Herkesten restorana kadar kendisine eşlik etmelerini istedi. Bir oto çekçek çağırdı ve hepsi tüm aile üyelerinin beklediği restorana gitti, ama kimse onu selamlamak için dışarı çıkmadı. Kantilal içeri girdi ve Banno, Bimladadi ve çocukları ortasında büyük bir pastanın bulunduğu uzun bir masaya götürdü. Banno'nun pastanın yanına oturmasına yardım etti. Kantilal mumu yaktı ve birdenbire odanın köşesinden birçok bilinen sesten oluşan bir koro geldi. Hepsi şarkı söylüyordu, "Doğum günün kutlu olsun Banno." Banno, anne babasının ve Tulsibhabhi'nin Krishna ile birlikte şarkı söylediğini ve dilek dilediğini görünce çok şaşırdı. Hepsi Banno yakınlarında toplandı. Banno'nun nemli gözleri pırıl pırıl parlıyordu. Bu insanların ona bahşettiği sevginin boyutunu beklemiyordu. Her şey önceden planlanmıştı ve tüm akrabalar bu planın bir parçasıydı. Her şey için Kantilal'e teşekkür etti. O anda, Krishna duyurusunu yaptı,

"Bayanlar ve baylar, bir an için verandaya çıkalım. Kantilal hepinizi dışarıda bekliyor. Hepinizi, özellikle de Banno'yu orada görmek istedi."

Her yerde sessizlik vardı. Kantilal neden odanın dışından herkesi arıyor? Her neyse, Kantilal'ın yepyeni bir Omni arabanın yanında durduğu yerde her şey dışarı çıktı. Aman tanrım! Banno haykırdı! Kantilal, arabanın yanındaki Banno'yu aradı. Banno yavaşça onun yanına gitti. Kantilal arabanın anahtarlarını çıkardı ve Banno'ya verdi ve "Canım, bu senin doğum günü hediyen. Yakında bu arabayı kendin kullanacaksın. Beğendin mi?"

Banno'nun dili tutulmuştu. Gözyaşları yanaklardan aşağı yuvarlandı. Bunun bir rüya olduğunu düşündü. Tanrı ona nasıl bu kadar iyi davranabilirdi? Banno'nun ebeveynleri bile bunu beklemiyordu. Kızları çok şanslıydı. Kantilal ve Banno'yu kutsadılar. Hint geleneği olarak hindistan cevizi ikram edilerek yeni araba için dini ritüeller gerçekleştirildi.

Hepsi pastanın yanına geldi. Bir kez daha herkes Mutlu Yıllar şarkısını söyledi ve pasta kesme töreni yapıldı. Kantilal ve Banno birbirlerine pasta yedirdiğinde herkes alkışlıyordu. Banno'yu bekleyen başka bir sürpriz daha vardı. Ailesi ona büyük televizyon hediye etti ve Tulsibhabhi ona mutfak eşyaları olan mikro fırın hediye etti. Banno, her şey için Yüce Allah'a minnettardı; O'na bolca teşekkür etti. Kantilal, Banno'yu arabaya oturması için çağırdı. Shantilal ve Chhutki de arabaya getirildi. Shantilal arkada oturdu, kucağında Chhutki ile oturdu. Kantilal ve Banno önde oturdular. Banno şaşkınlıkla Kantilal'e baktı. Kocası araba kullanmayı ne zaman öğrendi? Ehliyeti var mıydı? Kantilal, Banno'nun ne düşündüğünü tahmin edebiliyordu. Cebinden ehliyetini çıkardı ve gülümseyerek şöyle dedi:

"İşte ehliyetim. Otantik. Kendin bak. Bu yüzden endişelenme. Güvenli bir şekilde süreceğim."

Memnun değildi. Kantilal, planını bir sır olarak sakladığı gerçeğini söyledi. Sadece Krishna en başından beri her şeyi doğru biliyordu. Altı ay önce, onun için bir araba almaya karar verdiklerinde onu sürücü kursuna gönderen Krishna'ydı.

Arabayı çalıştırdı ve uzaklaştı. Banno düşündü, rüya görüyordu. Nehri geçerek şehrin diğer tarafına gittiler. Şehrin en geniş yolu olan Raj yoluna gittiler. Banno ilk kez nehrin bu tarafına geldi. Nehri Kantilal'den duymuştu ama ilk kez görüyordu. Nehirde bazı tekneler gördü. Kantilal, arabasını köprünün bittiği nehrin kıyısına yakın bir yere park etti. Chhutki'yi kucağına aldı ve Banno'dan Chimpu'nun elini tutarak onu takip etmesini istedi. Yoldan nehir kenarına doğru gittiler; Açık olan bir kapı vardı. Kapıdan girdiler. Banno, nehrin kıyısındaki devasa alanı görünce şaşırdı. Nehir kıyısı boyunca, neredeyse bir kilometre uzunluğunda uzanan yaklaşık 200 metre genişliğinde çimentolu platform vardı. Her yerde aydınlatıcı kule ışıkları vardı. Yer, her yerde renkli dekoratif ışıklarla çok parlak bir şekilde aydınlatıldı. Aman tanrım! Banno hiç bu kadar güzel bir piknik yeri görmemişti. Bahçeler, nehir önünde oturma bankları, koşu parkuru, çocuk oyun alanı, Yoga ve meditasyon barınakları, bir o kadar ağaç ve yeşillik vardı. Banno o bölgede yumuşak bir müzik çalındığını duydu. Pek çok aile eğlenmek için orada toplandı. Nehir kıyısı o kadar büyüktü ki kalabalığı hissetmediler. Çocuk oyun alanına gittiler. Shantilal için salıncaklar ve birçok oyun tesisi vardı. Chhutki anlayamayacak kadar küçüktü. Kantilal, Banno'dan Chhutki ile bir salıncakta oturmasını istedi. Banno salıncakta oturdu. Kantilal, salıncağı başlatması için ona bir itme yaptı. Banno uçuyormuş gibi hissetti. Bir süre sonra Kantilal'den Chhutki'ye bakmasını istedi ve tek başına sallanmaya başladı. Çok uzun bir süre sonra, eğlenmek için sallanıyordu. Sallanırken, bir dereceye kadar kendinden emin ve bağımsız hissetti. Bir süre sonra durdu ve Kantilal'a da sallanmasını istedi. Sıra Kantilal'a gelmişti. O da çok keyif aldı.

Banno'nun telefonu çaldı; Bimladadi ve diğerleri restoranda akşam yemeği için onları bekliyorlardı. Banno'nun aklı başına geldi. Şimdiye kadar büyüleyici mutluluk bulutlarıyla yüzüyordu. Gerçeğe geri döndü.

Aceleyle Kantilal'den salıncaktan inmesini istedi. Zaten geç; Hepsi akşam yemeği için onları bekliyor. Kayınvalidesi onları bir an önce dönmeleri için çağırıyordu. Restorana geri döndüler ve herkesin yemek masasında onları beklediğini gördüler. Krishna, daha önce Kantilal ve kendisi tarafından kararlaştırılan farklı yemeklerin servis edilmesi emrini çoktan vermişti. Shantilal tüm olanları anlatmaktan heyecan duyuyordu. Onlara kendisinin, annesinin (Shantilal peri arkadaşına annesi olarak hitap etmeye başlamıştı) ve babasının da dahil olduğu her şeyi anlattı. Herkes bunu duyunca gülümsüyordu. Bimladadi kendisinin de sallanmak istediğini söyleyerek espri yaptı. Ama oğluyla gitmeyecek. Sadece Banno onu nehir kıyısına götürürse ve onu sürerse giderdi. Banno araba kullanmayı bilmiyordu. Hepsi, araba kullanmayı öğrenmesi ve kayınvalidesinin dileğini yerine getirmesi için ona bir meydan okuma yaptı. Banno tereddüt ederek meydan okumayı kabul etti. Çok güzel bir aile buluşması oldu. Hepsi Kantilal'ın yeni arabasıyla kendi evlerine gitti. Banno, Bimladadi ve çocuklar dairelerine gittiler.

Chhutki ve Chimpu uyuduktan sonra Banno çocukların yanına uzandı. Kaderini düşünüyordu. Önceki evliliğinin gerçekleşememesi talihsizlik miydi? Yoksa onun iyiliği için miydi? Tanrı'nın hayatlarını programlamak için izlediği metodolojiyi çözemedi. Yine de O'na teşekkür etti. Mutluydu. Şanslıydı ve halinden memnundu. Daha fazlasını bekleyemezdi. Şimdi karşılık verme sırası onda. Yüce Allah'tan görevlerini yerine getirmesi için kendisine güç vermesini istedi. Çok var. Shantilal zeki bir çocuktur.

Onu başarılı bir insan yapmak için onu düzgün bir şekilde beslerdi. Kayınvalidesi ona karşı çok nazikti. Aileleri ve üyeleriyle ilgili bir hayali vardı. Bimladadi tamamen ona bağımlıdır. Eylemi ona asla zarar vermemelidir. Son olarak Chhutki; Onu dünyayı fethedebilecek en başarılı Hintli kız olarak görmek istedi. Shantilal en çok kız kardeşini severdi. Onun akıl hocası olacaktı. Geleceğini düşünürken uykuya daldı.

Ertesi gün her zamanki gibi erkenden kalktı ve günlük rutinine başladı. Shantilal okula gitmeye hazırlanmak için oldukça hevesliydi. Genel olarak, yeni öğrenciler okula gitmeyi sevmezler. Shantilal bu fenomene bir çelişkiydi. Banno oğluyla birlikte okula gittiğinde Chhutki, Bimladadi'nin kucağındaydı. Babam onlara veda etti ve odasına geri döndüler.

Banno'nun değişen hayatı

Cuma akşamı Kantilal, elinde üç kutu Peynirli Pizza ile şehre geldi. Hepsi pizzanın tadını çıkardı. Bimladadi tabii ki basit dal chapati'yi tercih etti. Ertesi gün, Banno'dan Shantilal'ı arabalarıyla okula bırakmak için eşlik etmesi istendi. Bundan sonra Kantilal ona bir sürpriz yapmak istedi. Araba bilinmeyen bir yere gitti. Farkı olan bir okuldu. Banno durumu anlamaya çalıştı.

Tabelayı okuyunca şaşırdı; "Khetan Sürücü Kursu" idi.

Kocasına baktı ve "Neden buraya geldik, ciddi misin?" diye sordu.

Kantilal sadece başını salladı. Tekrar sordu, "Bunu yapabileceğimden emin misin? Gerginim ve araba kullanmayı öğrenmek için kendime güvenim yok. İkimizin de zamanını, parasını ve enerjisini kaybedersiniz. Beni buraya kabul etmemenizi rica ediyorum" dedi.

Kantilal hiçbir şey söylemedi. Okulun içine girdi ve müdürden kabul prosedürünü istedi. Müdür ona kabul formunu verdi ve araba kullanmayı öğrenecek kişi hakkında bilgi aldı. Banno'yu içeri çağırdı ve şöyle dedi: "İşte geliyor, eşim, Banno hanım, eğitmeninizden araba kullanmayı öğrenecek. Zeki olduğu kadar çok yeteneklidir. Çok yakında araba kullanmayı öğreneceğinden hiç şüphem yok."

Daha sonra Banno'ya hitaben, "Meydan okumayı zaten kabul etmiştin. Şimdi geri çekilemezsin. Eğer geri çekilirsen, insanlar beni yanlış bir pozisyona sokarlar. Eminim; Bunun olmasını asla istemezsin. Bu nedenle, hem sizin hem de benim iyiliğim için, sadece araba kullanmayı öğrenmekle kalmayacak, aynı zamanda ehliyet sınavını rekor sürede geçeceksiniz."

Banno, o gecenin erken saatlerinde verilen meydan okumayı hatırladı; Herkes tarafından verildi ve onun tarafından kabul edildi. Cesur bir hamle yaptı ve eğitmene şöyle dedi: "Efendim, bana en az gün süren ve ehliyet sınavını başarıyla geçen öğrencinizin adını söyleyebilir misiniz?" Kantilal, onun aniden oluşan güven seviyesini görünce şaşırdı. Banno kabul formunu doldururken gülümsüyordu. Shantilal'i okuluna bıraktıktan sonra Banno'nun üç saatliğine sürücü kursuna gelmesine karar verildi. Sonra Shantilal'ı okulundan almak için geri dönecekti. Bimladadi'nin evde olmadığı süre boyunca Chhutki'ye bakmayı başaracağından emindiler. Banno bu büyüklükteki heyecanı hiç yaşamadı. Ertesi gün farklı bir yaşam alanına adım atacaktı. Bağımsızlığın anlamı bir süre sonra ehliyetini aldığında değişecekti. Kantilal onu çağırıyordu ama Banno dinlemedi; sanki trans halindeymiş gibi. Kantilal onu sarstığında aklı başına geldi.

Kantilal ona, "Sorun ne? Ne düşünüyordun ve kesinlikle buna daldın?" Sadece başını salladı ve hiçbir şey söylemedi ama gülümsedi. Kantilal cevap için ısrar etmedi, bunun yerine kabul formalitelerini tamamlamasını ve ücretleri ödemesini söyledi. Shantilal'ın okuluna gitme zamanı gelmişti; Aceleyle arabaya koştular ve oğullarını almak için sürdüler. Shantilal ile birlikte eve geldiler. Eve gelirken evlerinde puja için tatlılar satın aldılar. Bimladadi iyi bir şey tahmin edebilirdi. Haklıydı. Banno'nun sürücü kursuna kabul edildiğini öğrendiğinde sadece mutlu olmakla kalmadı, aynı zamanda ona nimetler de verdi. Hepsi mutluydu ve tatlıların tadını çıkardılar.

Ertesi gün Kantilal, Shantilal'ı okuluna, Banno'yu da sürücü kursuna bıraktı. Köye geri dönmek zorunda kaldı, çünkü Krishna toptancılık işinin baskısıyla tek başına başa çıkmak için tek başınaydı. Ayrıldıktan sonra, sürücü kursu eğitmeni ona üç araba gösterdi ve hangi arabayı kullanmayı öğrenmek için hangi arabayı kullanma seçimini sordu. Mantıklıydı ve ehliyetini aldığında Omni'sini kullanacağı için sürüşü öğrenmek için Omni ile rahat edeceğini söyledi. Eğitmen bir saat boyunca Direksiyon, Debriyaj, Fren, Gaz Pedalı ve Vites gibi çeşitli sürüş parçalarının işlevlerini anlattı. Sürüş koltuğuna oturması ve sahte sürüşe başlaması istendi. Eğitmen "Vitesi değiştir, gaza bas, debriyaja bas ve düz bak" gibi komutlar veriyordu. Banno'nun başarıyla tamamladığı farklı seyir manevra noktalarıyla tekrar tekrar sahte tatbikat yaptıktan sonra, eğitmen ona arabayı nasıl çalıştıracağını gösterdi. Başlangıçta tereddütlüydü ama kısa sürede herhangi bir aksilik korkusunun üstesinden geldi. Shantilal'ı getirme zamanı gelmişti. Aceleyle eğitmene teşekkür etti ve okula gitti.

Bugün, sürücü kursunun ilk günkü deneyimini anlatma sırası ondaydı. Bimladadi, gelini Banno'yu gözlemliyordu. Kendisine bir meydan okuma olarak verilen görevi yerine getirebildiğini kanıtlama fırsatı bulduğu için ne kadar heyecanlıydı. Hem Bimladadi'den hem de Shantilal'den çok fazla soru vardı. Banno cevap vererek onları tatmin etmek için elinden geleni yaptı. O gün Banno, kendine güveni dolu olduğu ve her türlü zorlukla yüzleşebileceği üniversite günlerini hatırladı. Bir kez daha neredeyse hayatını mahveden adamı hatırladı. Şimdi ilk kez, fırsat verildiğinde, o suçluyla tanışmak ve onu cezalandırmak istediğini hissetti. Chhutki sabahtan beri onunla birlikte olmak için bekliyordu. Banno onu kucağına aldı ve öptü. O da Chimpu'yu aradı. Üçü de bir süre oynadı ve sonra Chhutki'yi Chimpu'ya vererek günlük işlerini bitirmeye gitti.

Chhuki'nin ilk doğum günü, ehliyetini almak için ehliyet sınavı gününe denk geldi. Hepsi ona test yapmak için Bölge Ulaştırma Ofisine giderken Kantilal de onlarla birlikteydi. Son beş günde, Kantilal ona yeterli sürüş pratiği yapmıştı. Bir eğitmen, sinyal ve trafik kuralları ile ilgili bazı sorular sordu ve ardından kendi Omni arabasını kullanarak test için kendisine eşlik etmesini istedi. Memurun talimatına göre arabayı manevra yaparken hata yapmadı. Sekiz Numara, U Dönüşü ve Sinyal Geçişi gibi önceden belirlenmiş bazı rotalar vardı. Banno, bu engelleri başarıyla aşmakta herhangi bir sorun bulamadı. Memur memnun kaldı ve Banno'yu tüm manevra görevlerini yerine getirdiği için tebrik etti ve ehliyeti için uygun olduğunu ilan etti.

Ertesi gün normal ehliyet için gelmeleri istendi. Hepsi, tanrının önüne konacak ve Chhutki'nin doğum gününü kutlayacak bir paket tatlı ve kek ile mutlu bir ruh hali içinde eve geldi. Kantilal, Banno'yu yanına çağırdı ve onu tebrik etti.

Dedi ki, "Sana bir araba hediye etmenin boşuna olmayacağından emindim. Sana inancım tamdı canım. Artık ilk engeli tamamladığınıza göre, size başka bir görev vermeme izin verin. Birçok sebepten dolayı okuyamadım. Ama benim kendi hayalim var. Sizin, Shantilal ve Chhutki'nin hepinizin yüksek nitelikli bir üçlü olmasını diliyorum. İnsanlar bizi en çok öğrenen aile olarak bilsinler. Çocuklar hakkında hiç şüphem yok. Siz onların rehberisiniz, bu yüzden parlamak zorundalar. Size göre, mezuniyetinizi tamamladıktan sonra üniversiteden ayrıldınız ve bariz nedenlerden dolayı yüksek öğrenime devam etmediniz. Şimdi on yıldan fazla bir süredir. Zor olacak. Ancak Mezuniyet Sonrası Mezuniyetinizi tamamlamak için Üniversiteye kabul edilirseniz çok mutlu olacağım. Arabanız var; Shantilal'i okuluna bırakabilir ve üniversiteye gidebilirsin. Birkaç saat orada ol ve Shantilal'ı almak için geri dön ve eve geri dön. Ne dersin?"

Banno kulaklarına inanamadı. Kantilal onu bu kadar çok seviyor muydu? O çok insancıl. O çok şanslı! Ne olursa olsun, kocasının teklifini inkar etmeyecek, "Önerinizi reddetmeyeceğim ama bana düşünmem ve seçmem gereken alana karar vermem için biraz zaman verin, böylece kariyer odaklı olabilir. Senin için sorun yok mu?" Kantilal mutlu bir şekilde başını salladı. Onu yaklaştırdı ve alnına bir öpücük kondurdu.

Öğrenci Banno

Bir sonraki akademik dönem yaklaşıyordu ve herkes Kantilal ve Banno'nun ailesinin farklı evlerinde toplantı üstüne toplantı yapıyordu. Banno'nun mezuniyet sonrası eğitimini hangi konuda yapması gerektiğine karar veremediler. Kısıtlamalar çoktu. Shantilal ve Chhutki ana ikisiydi. Hiçbir durumda, hiçbir şekilde ihmal edilmemelidir. Sadece Banno tarafından denetlenmeleri gerekiyor. Banno bir biyoloji bilimi öğrencisiydi. Kariyerini inşa etmek için bir basamak görevi görecek ilgili bir konu seçmek zorunda kaldı. Üniversite eğitimi sırasında en sevdiği ders kimyaydı. Biyokimya iyi bir seçim olabilir. Üniversiteye gittiğinde, sürpriz bir şekilde en son bir konunun açılacağını ve bunun Endüstriyel Kimya olduğunu öğrendi. Ancak talep çok yüksek olduğu için Üniversite bir tarama testi yapacaktı. Banno hiçbir zaman meydan okumayı kabul etmekten korkmadı. Formu gerekli ücretler ve diğer formalitelerle doldurdu. Testte yer aldı. Kolay değildi. Neredeyse on yıldır konuyla teması yoktu. Ama Krishna ona yardım etmek için oradaydı. Banno'nun hazırlanmasına yardımcı olan bazı Endüstriyel kimya kitapları aldı. Tarama testinde çok iyi notlar aldı. Ve Üniversitede Endüstriyel Kimya Mezuniyet Sonrası yapmak için kabul aldı. Banno'nun harika bir destek sistemi vardı, Kantilal, Krishna, Tulsibhabhi, Bimladadi, ebeveynleri. Büyükanne ve büyükbabası artık yok. Her ikisi de hızlı bir şekilde art arda vefat etti. İki çocuğun annesi, Kantilal'in karısı, Bimladadi'nin gelini, ailesinin sevgili kızı ve Krishna'nın kız kardeşi Banno, öğrenci olarak başka bir hayata başladı.

Banno için göz korkutucu bir görevdi. Çalışmalarının Shantilal'ın yetiştirilme tarzının önüne geçmemesi gerektiğine karar vermişti. Chhutki hala küçük. Bimladadi sabah saatlerinde mutfağın sorumluluğunu üstlendi. Akşam kısmı Banno'nun kendisi tarafından bakılacak. Zaman yönetimi herkes için en büyük sorundu. Ama Tanrı onların başarılı olmasını diledi. Kantilal, her şeyin arkasındaki ahlaki güçtü. Her gün ileri geri gitmeye hazırdı. Krishna, toptan satış işini başarılı bir şekilde yürütmesine yardım etmek için oradaydı. Aslında her ikisi de manevi değeri olmasına rağmen perakende kısmını tasfiye etmeyi düşünüyordu. Başlangıçta Bimladadi bunu duyduğuna üzüldü, ancak oğlu, merhum kocasının başlattığı aynı dükkanı genişletti.

İlk dönemde, Banno sınıfta üçüncü oldu, ancak ikinci dönem sınavında Banno sınıfın birincisi oldu. Hepsi mutluydu ve onu tebrik etti. Shantilal aynı zamanda parlak bir öğrenciydi. Hepsi çok iyi bir sonuç bekliyordu. O da sınıfın zirvesinde yer aldı. Her yerde kutlamalar vardı. Hepsi ikisini de tebrik etmek için şehre geldi. Kantilal belki de Banno'dan daha mutluydu. Hayalleri her geçen gün gerçekleşiyor. İki dönemden oluşan bir yıl daha Banno tarafından tamamlanacaktı. Üçüncü dönem boyunca herhangi bir zorlukla karşılaşmadı ve her zamanki gibi sınıfın birincisi oldu. Gerçek sorun dördüncü yarıyılın başında ortaya çıktı. İlk gün, müdür dördüncü yarıyılın tüm öğrencilerine seslendi ve dördüncü yarıyılda sınıf öğretimi olmayacağını duyurdu. Herkesin bilgilerini sınıf dışında, ülkedeki bir kimya endüstrisinde uygulama zamanı gelmişti. Liyakate göre ilk üçe, bu üç öğrenciye de mali destek de dahil olmak üzere desteklerini zaten beyan etmiş olan en iyi endüstriler verilecek. Stajları sırasında yakışıklı bir maaş alacaklar ve başarılı olurlarsa aynı şirkette emilecekler. Aman tanrım! Banno'nun dili tutulmuştu. Şehirlerinde kimya endüstrisi yoktu. En yakın kimya endüstrileri Mumbai yakınlarında bulunuyordu. Başka seçeneği yoktu. Bu aşamada çalışmalarını bırakamaz. Aile üyelerine danışmak zorunda kaldı. Bu büyük bir problemdi. Ancak bir onay formu yazması gerekiyordu. Kantilal, Banno'nun bir sektöre stajyer olarak katılması gerektiği bilgisini zaten toplamıştı, aksi takdirde kursu tamamlanmayacaktı. Banno'nun telefonunu bekliyordu.

Banno her şeyi anlatır anlatmaz Kantilal, "Merak etme Banno. Bu sorun üzerinde zaten düşündüm. Onay veriyorsunuz ve eve geliyorsunuz. Sorunu hep birlikte çözeceğiz" dedi.

Bu, Kantilal'in bu sorunu önceden bildiği ancak Banno'ya bahsetmediği anlamına geliyor. Kantilal onu yasalarda ve Tulsibhabhi'yi Krishna ile çağırdı. Bimladadi'nin Banno ve iki çocuğuyla başka bir şehre taşınması mümkün değildi. Kantilal, annesiyle birlikte köyde kalacaktır. Banno'nun ailesi, Banno'nun staj yapacağı Mumbai tarafına taşınacaktı. Çocuklar da onlarla birlikte değişecek. Sektörü ve Banno'nun stajyer olarak katılacağı yeri öğrenmek için beklemek zorunda kaldılar. Sonraki yedi gün endişe ve heyecan doluydu. Tabii ki Shantilal yeni bir yere gitmekten çok mutluydu.

Bir hafta sonra, Banno departmanına çağrıldı ve müdür tarafından tebrik edildi. Kendisine bir randevu mektubu verildi. Tata Chemicals'ın Mumbai yakınlarındaki kimya endüstrilerinden birine stajyer olarak katılması için randevu mektubunu verdiğini öğrendiğinde şaşırdı. Bundan önce Mumbai'deki merkez ofislerinde rapor vermek zorunda kaldı. Yönetmene teşekkür etti ve tüm sınıf arkadaşlarıyla tanıştı ve yerleşimleri hakkında bilgi aldı. Hayatının ilk randevu mektubuyla eve geldi. Maaşı olarak 35.000/- rupi alacaktı. İnanılmaz, diye düşündü, artık finansal olarak da bağımsız olabilir. Her şey tek bir adam sayesinde mümkün oldu. O, kocası Kantilal'dı. Kantilal mektubu görünce çok mutlu oldu. Ona her şeyi yapabileceği kadar güzel ve yetenekli bir eş verdiği için Tanrı'ya şükretti. Zaman kaybetmeden, tüm aile üyeleri için Mumbai tren biletini ayırttı. Annesini bir tura çıkarma fırsatı buldu. Sonraki iki gün Kantilal için telaşlı geçti. İşini ve Mumbai gezisinin tüm düzenlemelerini denetlemek zorunda kaldı. İki gün sonra trene bindiler ve türünün ilk örneği olan resmi turlarına başladılar. Krishna, Mumbai'deki Fort bölgesi yakınlarında onlar için bir otel rezervasyonu yapmıştı. Sabah Mumbai'ye ulaştılar ve otele yerleştiler. Banno zaman kaybetmedi, hazırlandı ve Kantilal'dan kahvaltıyı bitirmesini ve Tata Chemical'ın merkez ofisine gitmeye hazır olmasını istedi.

İlk Ödev

Söz konusu zamanda, her ikisi de Hindistan'ın en büyük iş evlerinden birinin ofisine ulaştı. İnsan kaynakları müdürü ile görüştüler ve o randevu mektubunu verdiler. Müdür çok nazikti, onlara çay ve atıştırmalıklar ikram etti ve staj programının detaylarını verdi. Dört bölüme ayrıldı. İlk bölüm, ofis kültürünü anlamak için ofiste iki hafta, daha sonra endüstriyel renkli üretim fabrikalarında on hafta, sonraki on hafta araba aküsü üretim fabrikasında ve son iki hafta raporlama personelinin yardımıyla rapor yazmaya ayrıldı. Ailesiyle kalmasına izin verildi ve onlar için bir aile mahallesi tahsis edildi. Ofis daha sonra tren ücretini arızi masraflarla geri ödedi ve ayrıca Mumbai'deki konaklamasının ilk maliyetini karşılamak için on bin rupi avans verdi. Banno ilk kazancını aldı. Görevliye teşekkür ettiler ve vardiya için düzenleme yapmak üzere otele gittiler. Banno'ya stajyer olarak katılması için üç gün süre verildi. Bimladadi ve çocuklar otel odasında onları bekliyordu.

Her ikisi de otel odasına geri döndü. Hepsi onları ağırlamak için can atıyordu. Bimladadi ve Chimpu'ya her şeyi anlattılar. Mumbai'yi iki gün boyunca keşfetmeye karar verildi. Nariman Noktası, Akvaryum, Plajlar, Pazarlar, Laxmi Tapınağı, Hindistan Kapısı Yolu, Elephanta mağarası vb. Ertesi gün akşam eve dönmek için trene bindiler. Banno'nun görevine katılabilmesi için çok şey yapılması gerekiyordu. Ertesi sabah, Banno'nun ailesi, Banno ve çocuklarıyla ayrılmalarını tamamlamak için geldi. Neredeyse hiç zaman kalmamıştı. Ertesi gün sabah erkenden zamanında yetişmek için Mumbai'ye giden trene binmeleri gerekiyordu. Banno doğrudan ofise gitmeye karar verdi ve ardından şirket tarafından altı ay boyunca verilen çeyreğe gitti. Geceleri Kantilal, Banno'ya çok fazla talimat verdi. Banno, hem aileye hem de ofise bakacağına dair ona güvence verdi. Endişelenmemesini istedi. Kantilal'ın ayda en az bir kez Mumbai'yi ziyaret etmesine karar verildi. Bimladadi, Banno'nun atanmasıyla ilgili elbette karışık duygular içindeydi. Kendi kendine, Banno'ya Mumbai'de uzun süre kalmak için çok iyi bir teklif alırsa ne olur diye soruyordu. Aklında başka bir geçerli soru daha vardı: Banno ve çocukları Mumbai'de kalmaya zorlanırsa, Kantilal tüm satış işini kapatır mı? Babasının perakende işini çoktan kapattı. Ya Banno'nun ailesi Mumbai'de daha uzun süre kalamazsa? Mumbai'ye gitmesi gerekiyorsa, oğlu Kantilal'e kim bakacak? Soru listesi, huzursuz gecelerini kovalayacak kadar büyüktü. Oldukça gergindi ve uyumayı bekledi. Bimladadi sabahın dördünde kalktı. Banno'nun çoktan hazır olduğunu ve herkes için kahvaltı hazırladığını görünce şaşırdı. Sabah altıda, herkes Mumbai'ye giden trene binmek için istasyondaydı.

Mumbai Arama

Bimladadi'nin hem Banno'yu hem de çocukları uğurlaması cesaret vericiydi. Shantilal dahil herkes gözyaşlarını siliyordu. Shantilal ilk kez çok sevdiği babasından ayrılıyordu. Yüce Allah onlar için iyi bir şey yapmış olabilir. Banno, maiyetiyle birlikte Mumbai'ye ulaştı. Konaklama yerinin anahtarlarını almak için ofisine gitti ve ardından aile üyeleriyle birlikte mahalleye girdi. Güzel bir 2BHK tamamen mobilyalı bungalov oldu. Banno'nun ebeveynleri bir odada kalacak ve anneleriyle birlikte iki çocuk diğerini işgal edecekti. Banno, annesinden mutfağın ve çocukların sorumluluğunu üstlenmesini istedi ve o da görevine katılmak için hazırlanmaya gitti. Shantilal, Kendriya Vidyalaya'ya kabul edildi. Tüm Kendriya Vidyalaya'nın müfredatı aynı olduğu için sınıfta kendini adapte etmekte herhangi bir sorun bulamadı.

Ofisteki ilk günüydü. Stajı Bay Baldev Kumar tarafından denetlenecekti. Endüstriyel boyaların üretiminden sorumlu üst düzey yöneticiydi. Meşgul bir yöneticiydi. Tata organizasyonunda izlenmesi gereken bazı belirlenmiş prosedürler vardır. Şirketin ondan beklentilerini anlattı. Belirli hedeflere ulaşmak için fikirlerini kullanmakta özgür olduğu konusunda ısrar etti. O kadar yeter ki sonuç verecekti; Kimse onun alanına müdahale etmezdi. Mesai saatleri içinde herhangi bir zamanda amiri Bay Baldev ile iletişime geçmekte özgürdür. Önümüzdeki yedi gün boyunca günlük rutininin bir çizelgesi verildi. Üretim tesisleri hafta sonları kapanmadığı için, görevlerini tamamlar tamamlamaz eve gidebilecek olsa da, Pazar gününü de tam gün izin alamayacak. Brifingden sonra, amiri ondan yapması gereken görevlerin doğası hakkında fikir vermesini istedi.

Tereddütle cevap verdi, "Biraz gerginim efendim. Bu benim ilk işim. Şirketimizin beklentilerini karşılamak için yanımdan çevrilmemiş hiçbir taş bırakmayacak olsam da, yolculuğumun her aşamasında desteğinize ihtiyacım olacak. Bazen bana kızabilirsiniz, ama emin olabilirsiniz ki bayım, kesinlikle gerekli olana kadar sizi rahatsız etmeyeceğim ve aynı zamanda önerinizi isteyeceğim çok basit bir şey için sizi çağırabilirim."

Banno'ya adının ve unvanının yazılı olduğu kimlik kartı verildi. Bu onun ilk servis kartıydı.

Bay Baldev gülümsedi ve "Tamam" dedi. Sonra dahili telefonundan birini aradı. Bir süre sonra kapı çalındı ve içeriye bir bayan girdi. Bay Baldev, tamamlanması gereken ödevleri verdiği bir kağıdı ona verdi ve şöyle dedi: "Bayan D'suza, Bayan Banno ile tanışın. Geçen gün size üretim departmanımıza bir stajyerin gelişinden bahsetmiştim. İşte burada. Parlak bir öğrenciydi. Umarım burada da aynı derecede başarılı olur. Seninle çalışacak. Görevini yerine getirmesi için ona yardım edin. Ayrıca raporu hazırlamasına da yardımcı olun. Bildiğiniz gibi, iki haftada bir yaptığımız toplantılarda, farklı stajyerler tarafından sunulan tüm raporları tartışıyoruz. Sadece "İki haftanın en iyi raporunu" duyurmakla kalmıyor, aynı zamanda sürekli değerlendirmeleri için performans puanları da veriyoruz. D'suza, Banno ile el sıkıştı ve onu organizasyonda karşıladı. D'suza, Banno'dan kendisini takip etmesini istedi. Birçok masanın ilgili subaylar tarafından işgal edildiği büyük bir salona gittiler. Banno böyle bir masaya götürüldü. D'suza ondan çalışma alanı konusunda rahat olmasını istedi. Ona masa numarasını, memurun adını ve unvanını ve işin niteliğini içeren bir çizelge verdi. Tabloya göre, memurlarla tanışması ve işiyle tanışması gerekiyordu. Tamamlandıktan sonra, aynı nedenle başka bir masaya gitmesi gerekiyordu. Bir günde, ilk gün yedi subayla, sonraki günlerde on subayla buluşacaktı. Banno birinci subaya gitti. Hammadde tedarik departmanından sorumluydu. Üretim biriminin en ince ayrıntısına kadar anlamaktan büyülendi. İlk subaydan ne öğrendiyse, bir sonraki subaya gitmeden önce ayrıntılı bir not aldı. Üçüncü subayı tamamladığında öğle yemeği vakti gelmişti. O salondaki herkes kendi koltuklarını terk etmeye başladı. D'suza ona geldi ve ona eşlik etmek istedi. Kantine gittiler, Banno'yu kantin müdürüne götürdüler, Banno'dan daha önce verdiği kimlik kartını göstermesini istediler ve "Hanımefendi, buradaki çalışanlar için öğle yemeği ücretsiz. Self servis kantindir. Kartı tezgahta göstermeniz ve öğle yemeğinizi alıp seçtiğiniz bir masaya gitmeniz gerekiyor. Birbirinizi tanımak için diğer akranlarınızla oturmanızı tavsiye edeceğim. İki hafta sonra bir sonraki göreviniz için bu ofisten ayrıldığınızda, gelecekte size yardımcı olacak hemen hemen herkesi ve işlerinin doğasını tanıyacaksınız." Banno öğle yemeğini aldı ve ilk tanıştığı memurun meslektaşlarından biriyle oturduğu bir masaya gitti. Banno, sandalyeye oturmadan önce onlardan izin istedi. Her iki memur da çok ayıktı, Banno'yu rahat ettirdiler. Öğle yemeği sırasında Banno, bu organizasyonun çalışma kültürü hakkında birçok şey öğrendi. Burada çalışan insanların sadece işlerine bağlı olmadıklarını değil, aynı zamanda organizasyonlarını da sevdiklerini görmekten çok mutlu oldu. Tataların neden bu kadar büyük ve başarılı olduğu hakkında bir fikir ediniyordu. O da Tata gibi organizasyonla ilişkili diğerleri gibi şanslıydı. Hayatta daha iyi bir şey elde etmek için çok çalışacağına söz verdi.

Önümüzdeki altı ay, hem Mumbai'deki hem de köydeki tüm aile üyeleri için çok telaşlıydı. Hepsi zaman sıkıntısı ile karşı karşıya kaldı. Özellikle Banno muazzam bir zaman baskısı yaşadı; Artık işkolik olduğunu fark etti. Görevlerini içtenlikle başarıyla tamamladı ve birkaç kez "En İyi Proje Raporu" ödülüne layık görüldü. Gelecekteki işe alımlar için CV'sini artıracak maksimum puanlar verildi. Aynı zamanda, ev işlerini Chimpu'ya yaptırmak için titizdi. Chimpu Matematikte çok güçlüdür. Bir pazar öğleden sonra erken geldi. Chimpu'nun Chhutki'ye Aloha'nın el parmaklarını kullanarak sayma yöntemini kullanarak temel matematiksel hesaplamaları öğrettiğini görünce şaşırdı. Onun için daha fazla sürpriz vardı. Chhutki sadece sözlü olarak basit matematiksel hesaplamalar yapmakla kalmadı, aynı zamanda yirmiye kadar olan tabloları ara vermeden okuyabiliyordu. Aman tanrım! Bu küçük kız tüm bu egzersizleri ne zaman öğrendi? Ailesi, Shantilal'in bu sorumluluğu kendisinin üstlendiğini öğrendi. Birlikte oynarlar ve birlikte öğrenirler. İkisi de birbirine çok düşkündür. Chhutki birçok kez sınıfta birinci olacağını ilan etmişti; Bhaiya'sı gibi okula gideceği zaman. Banno ikisine de sarıldı. Shantilal annesine şöyle dediğinde:

"Anne, sen Chhutki'yi dert etme, ben ona bakacağım. Sen sadece derslerimde bana yardım et ve ofisinde en iyisi ol. Ofiste sınıfında birinci olmanı istiyorum."

Banno, oğluna cevap vermek için tüm sözlerini kaybetti. Neredeyse ağlayacaktı ama kendini kontrol etti.

Stajın tamamlanmasından sonra, Banno ve diğer stajyerler kendi nihai proje raporlarını sundular. Banno'nun raporu en iyi şekilde değerlendirildi. Hepsi onu başarısından dolayı tebrik etti. Onu büyük bir sürprizin beklediğini bilmiyordu. Eve geri döndü. Artık evlerine dönmeyi düşünüyorlardı. Shantilal bir kez daha şehirdeki eski okuluna katılmak zorunda kalacaktı. Ama insan teklif eder ve Tanrı bertaraf eder. Ertesi gün şirketin Genel Müdürü'nün ofisine gitti. Toplantı mektubu ile birlikte kartını resepsiyon görevlisine verdi. Bir süre sonra içeri çağrıldı. Kocaman bir ofisti. Genel Müdür, steno'suna bir mektup dikte ediyordu. Banno'ya oturmasını işaret etti. Banno oturdu ve bekledi. Gergindi. Aklından o kadar çok düşünce geçti ki. Masanın arkasındaki adam diktesini tamamladı ve Banno'ya döndü. Elini ona doğru uzattı. Banno el sıkıştı ve ona teşekkür etti.

"Stajınız nasıl geçti Banno hanım? Proje raporunuzun en iyi şekilde değerlendirildiğini duydum? Bana geldi. İşte burada. Fabrikanın verimini artırmak için raporunuzda bahsettiğiniz şeyleri açıklığa kavuşturmak için size bazı sorular sorabilir miyim? Sizden öğrenmeyi çok merak ediyorum. Raporunuzda verilen önerilerinizi takip edersek, mevcut kurulumla çıktıyı iyileştirmek için işe yarayacağını içtenlikle düşünüyor musunuz? Lütfen, öngördüğünüz prosedür değişikliklerini anlayabilmem için önerilerinizi detaylandırın."

Banno'nun raporunu net bir şekilde anlamıştı. Ne tür önerilerde bulunduğunu biliyordu. Ayrıca bu önerilerin uygulanmasının artılarını ve eksilerini de biliyordu. İnancında çok kararlıydı. Akıllı tahtayı kullanmak için izin istedi. Başlamak için kalem sürücüsünü kullandı. Sonraki bir buçuk saat düzenli çapraz sorgulamaydı, tartışmalar mahkeme argümanlarını andırıyordu. Genel Müdür çok mutluydu. Banno netliğe sahipti ve geliştirdiği metodoloji konusunda kendinden emindi.

Genel Müdür doğrudan son soruyu sordu: "Özgürlük verildiğinde kendi önerilerinizi uygulama sorumluluğunu almaya hazır mısınız?" Bir an için evini, çocuklarını, Kantilal'ı, yaşlılarını düşündü. Hepsi farklı nedenlerle ona bağımlıydı. Bu kadar büyük bir sorumluluk alırsa, tüm cepheleri yönetebilir mi? Sonra Shantilal'ı hatırladı. Annesinin her şeyi yapabileceğine dair bir inancı vardı. Bu dünyadaki hiçbir şey annesini durduramaz. Bunu ona birçok kez söylemişti. Hayır, onu başarısız kılamaz. Her zaman haklı olduğunu kanıtlamak zorunda kaldı. Annesi, onun hakkında hayal ettiği her şeyi başaracaktır. Süper anne olduğunu kanıtlamak zorunda kaldı.

Herhangi bir "eğer" ve "ama" olmadan, tam bir özgüvenle, "Evet, meydan okumayı üstlenebilirim efendim. Fırsat ve gerekli imkanlar sağlandığında raporu da belirttiğim gibi üretimi iyileştirebilirim hocam" dedi.

Banno, takım lideri

Genel Müdür ilk günden itibaren Banno'yu takip ediyordu. Onu kendi departmanına atamak için can atıyordu. Zaten onun için bir randevu mektubu hazırlamıştı. Çekmeceyi çekti, mektubu çıkardı, Banno'ya verdi ve şöyle dedi:

"İşte randevu mektubunuz. Yıllık on iki laklık bir paketle işe alınırsınız. Konaklama ve araba alacaksınız. Sizin ve en yakın aile üyelerinizin sağlık sigortası vardır. Bunun dışında düzenli ihtiyat fonu ve bahşiş vb. ek avantajlardır. Çalışma saatleriniz günde on saat ve haftada beş gün olacaktır. Dinlenmek için istediğiniz herhangi iki günü seçebilirsiniz, esnektir. Haftalık izin kullanmazsanız, fazla mesai olarak kabul edilecek ve buna göre tazmin edilecektir.

Banno hiçbir şey anlayamadı. Rüya mı görüyordu? Oturduğu yerden kalktı, mektubu aldı, ona teşekkür etti ve yerine oturdu. Mektubu şaşkınlıkla okudu. Gözyaşları düştü; Kime teşekkür edeceğini bilmiyordu. Başarısından herkes sorumluydu. Çok vardı. Bay Baldev, Bayan D'suza ve diğer meslektaşları, tüm görevlerinde ve tüm aile üyelerinde zaman zaman onu teşvik ettiler ve yardımcı oldular.

Gözyaşlarını sildi ve nazikçe, "Efendim, hepinize borçluyum. Onlar olmadan ben bir hiçtim. Gelecekte de birçoğuna güveneceğim. Ancak birlikte hedefe ulaşacağımıza eminim. Yeteneğime inandığın için teşekkür etmeme izin ver. Başını dik tutmak için elimden geleni yapacağım."

"Çok teşekkür ederim efendim."

Onu herkes tebrik etti. Herkes onun azminin ödüllendirildiğini görmekten mutlu oldu.

Onu bir sürprizin beklediğini bilmiyordu. Ofisten çıkıp taksiye binmek için kapıya yaklaşır yaklaşmaz, Bayan D'suza birdenbire ortaya çıktı ve onu takip etmesini istedi. Onu, yepyeni bir siyah sedanın onu beklediği verandanın yanına götürdü. Sürücü arka kapıyı açtı ve onu selamladı. Bayan D'suza şoförü tanıttı, "O Ramu. Uzun zamandır bizimle. O çok sadık. Bugünden itibaren seninle olacak." O daha bir şey anlayamadan, Bayan D'suza gitmişti. Arabanın içine girdi; Ramu kapıyı kapattı ve sürücü koltuğuna oturdu. Banno'dan adresi aldı, arabasının GPS sistemine koydu ve sürmeye başladı.

Banno'nun resmi karargahının kapısına büyük siyah bir sedan geldi. Banno, şoförden korna çalmasını istedi. Çocuklar kapıya geldi. Büyük bir araba görünce şaşırdılar. Heyecanla dedelerini aradılar. İkisi de dışarı çıktı ve arabayı gördü. Kim gelmiş olabilir? Bir nebze bile bilgileri yoktu. Araba kendi kızlarını getirmiş olabilir. Sürücü dışarı çıktı ve arka kapıyı açtı. Banno arabadan çıktı. Çocuklarını ve ebeveynlerini önünde gördü. Hepsi şaşırdı. Banno ailesinin yanına geldi ve ayaklarına dokundu. Çocuklar geldi ve ona sarıldılar. Güzel bir ailenin başarı hikayesi bir patlama ile başladı. "Tanrıya şükür," dedi Banno. İçeri girdiler ve Puja odasına gittiler. Her şey için Yüce Allah'a bolca teşekkür etti. Aile için çok şey yaptı. Randevu mektubunu tanrının önünde tuttu ve herkes için parlak bir gelecek için dua etti. Sonra ailesine randevu mektubunu gösterdi. İlk başta, gördüklerine inanamıyorlardı. Birkaç yıl önce hayatındaki tüm umutlarını kaybeden kızları Banno, kendine geri döndü. Zorlu zorlukları kabul etmekten asla korkmayan eski olağanüstü kızlarını geri buldular. Shantilal ve Chhutki iyi bir şey olduğunu fark ettiler. Banno her iki çocuğu da aradı ve şöyle dedi:

"Bakın, siz ikiniz şu anki görevimde birinci olmam için bana meydan okudunuz; Meydan okumanı yerine getirdim. Sadece birinci olmakla kalmadım, aynı zamanda şirket bana çok daha fazla zorlukla birlikte çok iyi bir iş verdi. Bana bir araba ve bu bungalovu kalıcı olarak kalmam için verdiler. Öğrenci olarak burada staj yaptım, şimdi Proje yöneticisiyim. Bir şeyi hatırlamanız gerekiyor; Dileğinizi yerine getirdim, şimdi hayallerimizi gerçekleştirme sırası sizde. Meydan okumayı kabul etmeye hazır mısın?"

Sürpriz bir şekilde, hem Chimpu hem de Chhutki birlikte bağırdılar ve "Evet, meydan okumanızı kabul ediyoruz. Hayallerinizi gerçekleştirmek için elimizden gelenin en iyisini yapacağız, bu bir söz."

Banno'nun ebeveynleri, yaşlıların hayallerini gerçekleştirmek için birbirlerine söz veren kızlarına ve torunlarına tanık oluyorlardı. Banno daha sonra Bimladadi ve Kantilal'ı arayarak Banno'nun ofisindeki son gelişmenin müjdesini iletti. Kantilal kulaklarına inanamadı. Krishna dükkanın yakınında oturuyordu. Kantilal ona gitti ve ona sarıldı. O her şeyi Krishna'ya söyledi. Krishna heyecanla zıplıyordu. Dükkanda müşteriler vardı. Orada bulunan herkese tatlılar dağıtıldı. Krishna, annesi Tulsibhabhi için bir paket şeker aldı. O da çok mutluydu. Bimladadi puja odasına gitti ve tanrıya teşekkür etti. Pujasını tamamladığında, Kantilal bir kutu şekerle geldi. Bimladadi oğluna sarıldı. Kötü günler geride kaldı. Şimdi Banno'nun hem ofiste hem de evde sorumluluklarını yerine getirmesine yardım etme sırası onlarda. Çocuklar, eğitim ve öğrenim söz konusu olduğunda tamamen ona bağımlıdır. Ofis o kadar etkilendi ki, çok kısa bir süre içinde çalışma alanı artırıldı. Endüstriyel kimyasalların üretimini yüzde yirmi beş oranında artırmaktan sorumlu on beş kişilik bir ekibe liderlik ediyordu. Bu hedefe ulaşırlarsa, şirketleri Hindistan'da faaliyet gösteren diğer tüm şirketlere liderlik edecek. Banno, iki haftalık tatil yerine, gerekli olduğu takdirde bir gün de alırdı. Bir yıl içinde Banno'ya üç yatak odalı bir bungalov tahsis edildi. Hafta içi her iki Bimladadi de Kantilal ile birlikte Omni arabalarıyla gelirdi. Araba artık Kantilal'e ithaf edildiğinden, Mumbai'ye yaptığı ziyaretler kat kat arttı. Aslında, toptancılık işine bir ivme kazandırmıştı. Artık doğrudan üreticiyle rekabetçi fiyatlar arayabiliyordu, bunların çoğu Mumbai'de bulunuyordu. Fiyat yapısı nedeniyle çok büyük bir müşteri tabanı oluşturabilirdi. Şimdi işlerini büyütme olasılığını araştırıyorlardı. Şimdi Krishna da perakende bakkal kanadını tasfiye etmeye karar vermişti.

Son zamanlarda, Krishna evliliğe rıza göstermişti. Tulsibhabhi, Bimladadi ve Banno'nun ebeveynleri, hepsi el ele verdiler ve bir ekip oluşturdular ve güzel bir kız aramaya başladılar. Gereksinim basitti. Aile işinde yardımcı olabilecek bir B.Com olmalı. Yerel gazetelerde bir reklam lehine karar verdiler. Buna göre, Banno ile istişare halinde, gazetede ayrıntılı bir ilan yayınlandı. Bir hafta içinde yeterli sayıda gelin teklifi aldılar. Banno, ilk gösterim için bir masa hazırladı. Krishna ile e-posta yoluyla iletişim halindeydi. Birçoğundan, 6 teklifen oluşan küçük bir grup, hem sanal hem de gerçek tartışma için sonuçlandırıldı. Sanal tartışma sırasında Banno ve diğerleri de yer aldı. Altı kişiden ikisini daha düşürdüler. Son olarak, aile bu dört yeri ziyaret etmeye karar verdi. Buna göre tarih ve saat sabitlendi. Neyse ki onlardan biri Mumbai'ye yakın olan Vasi'dendi. Bu aileden belirli bir günde Banno'nun evine gelmeleri istendi. Bu arada, ikinci Ekim ayıydı. Hepsi tatil havasındaydı. Banno, Krishna ve Tulsibhabhi'yi davet etti. Bimladadi ve Kantilal, işleri için de tatil olduğu için Mumbai'ye geleceklerdi. Dört kız da teker teker görüldü. Sonuçta, iki tanesini kısa listeye aldılar. Bunlardan biri de Vasi kızının kızıydı. İkinci kız Ahmedabad'dandı. Tüm aile üyeleri tartışmak ve sonuçlandırmak için bir araya geldi. Fakat Vasi kızının evini ziyaret etmemişlerdi. Bitirmeden önce Vasi'yi ziyaret etmeye karar verdiler. Biri Omni diğeri Sedan olmak üzere iki araba Mumbai'den Vasi'ye doğru yola çıktı. Çay ve atıştırmalıklar için mola verdiler. Programa göre kızın evine ulaştılar. Kızın babası emekli Tahshildar'dı. Sadece bir çocuğu vardı. Krishna'nın ailesini buldukları için çok mutlu oldular. Krishna çeyiz sistemine karşıydı. O ailenin imajını geliştirdi. Ev çok küçük olmasına rağmen, üyeler geniş fikirli ve büyük yürekliydi. Kız misafirleri karşıladı ve hayır dualarını almak için yaşlıların ayaklarına dokunmak için eğildi. Kız Shantilal ve Chhutki'ye çikolata verdiğinde hepsi çok mutlu oldu. Zeki bir kızdı. Birlikte Mumbai'deki evlerine geldiler. Birçok müzakereden sonra, nihayet o Vasi kızı seçildi. Diğer kızın ailesine bir 'Üzgünüm' mesajı gönderildi. Vasi kızının adı Dipti'ydi. Banno, Dipti'yi aradı ve onu tebrik etti. Ayrıca Dipti'ye hoşlandığı ve hoşlanmadığı şeyleri de sordu. Dipti ona aile işinde yardım etmekle ilgilendiğini söylediğinde şaşırdı. Krishna, kendisiyle birlikte olacak ve iş yükünü hafifletmeye çalışacak bir kızla evlendiği için şanslıydı. CA'nın ilk bölümünü zaten geçtiği için, ikinci bölümü de temizlemeye çalışacaktı. Banno, kuzeninin hayat arkadaşı olarak hırslı bir kız bulduğu için çok mutluydu. Kısa sürede aralarındaki yaş farkını görmezden gelerek arkadaş oldular.

Tulsibhabhi, Banno için çok şey yaptı. Şimdi evlilik ritüellerinin sorunsuz bir şekilde yerine getirildiğini görme sırası ondaydı. Her Hintli aile, kızlarının evliliği için kendilerini hazır tutar. Dipti'nin ailesi de bir istisna değildi. Süsler hazırdı. Damadın pırlanta yüzüğü ve altın zinciri de hazırdı. Bezler ve diğer aksesuarlar satın alınması gereken şeylerdi. Krishna'nın tarafında da her şey Tulsibbábi tarafından hazır tutulmuştu. Banno'nun ailesi onlara hiçbir şey için endişelenmesine gerek olmadığını söyledi. Her şeyin doğru bir şekilde yerleştirildiğini görmek için tüm sorumluluğu alacaklardır. Banno, onun için her şeyi yapan teyzesine yardım etmek için nadir bir şans yakaladı. Bu fırsatı kaçırmayacaktı. Bu yükümlülüğü asla unutmazdı. Teyze onu depresyondan kurtardı. Hepsi teyze yüzünden yeni bir yaşam kiralamasıydı. Ve Krishna her zaman onun destek sistemi olarak kalmıştır. Herhangi bir sorunu onunla paylaşabilirdi. Krishna'yı mutlu ve başarılı kılma sırası ondaydı. Dipti'ye CA ikinci bölüm sınavı için de rehberlik edecekti. Birdenbire evleri şenlik havasına girdi. Her iki çocuk da yeni annelerini aldıkları için mutluydu. Çok heyecanlıydılar. Her iki tarafın yaşlıları, rahiplerine danıştıktan sonra tarihler kesinleşti. Evlilik, bundan iki ay sonra düşecek olan bir sonraki Akshay Tritiya gününde Vedik ritüellere göre kutlanacaktı. Banno, Dipti'yi bir sonraki Cumartesi günü satın almak için Mumbai'ye çağırdı. Dipti çok şeffaf ve basit bir kızdı. Banno onu satın almak için farklı pazarlara götürdü. Hem kıyafet hem de diğer aksesuarlar, herhangi bir savurganlıktan kaçınarak Dipti'nin tercihine göre satın alındı.

D günü geldi çattı ve Krishna ile Dipti evlendi. Tüm arkadaşları ve akrabaları katıldı ve yeni evli çifte kutsamalar verdi. Banno nispeten rahatlamıştı. Teyzesinin yanında olmaktan mutluydu ve ona yardım edebilirdi. Banno onlar için bir haftalığına Shimla'ya güzel bir balayı gezisi sponsor oldu.

Chhutki parlıyor

Chhutki'nin sekizinci doğum günüydü. Üçüncü standarda terfi edecek. İkisi de Kendriya Vidyalaya'daydı. Shantilal geçtiğimiz günlerde on üçüncü yaş gününü kutladı. Sekizinci standartta. Shantilal ve Chhutki, çalışmaları hakkında onları işaret etmek için hiçbir zaman fırsat vermediler. Anneleri tarafından onlara verilen zorluklar, en iyisini başarmalarına yardımcı oldu. Her ikisi de okullarının parlak öğrencileriydi.

Banno, çok fazla mali yükümlülük altına girmeden üretim sürecini güncelleyerek üretimi artırma konusundaki değerlendirmesinde haklıydı. Ekibi kimyasal üretiminde yüzde yirmi beş büyüme elde etti. Finans kurumları, gelecekteki çabaları için mali yardım yapmaya istekliydi. Ancak Tatas, küçük girişimler için neredeyse hiç kredi almıyor. Banno'nun katkısı ve özverisi, departmanındaki herkesi etkiledi. Neredeyse yüz elli personele liderlik etmesi için köşe masası verildi. Ekibi yeni bir varyant üretmeye karar vermişti. Hepsi, yeni girişimlerine devam etmek için fizibilite, uygulanabilirlik, karlılık, finansal yükümlülük, insan gücü tahminleri ve pazar araştırması vb. incelemek için ortak bir proje raporu hazırlamakla meşgul. Genel müdürün önerisi ile nihai proje raporu, onayı için başkana gidecekti. Eğer başkan yeni bir girişimin başlatılmasını onaylarsa, Banno kendi yeni üretim biriminin genel müdürü olarak terfi edecekti. Ona ilk randevu mektubunu veren şimdiki patronu çok heyecanlıydı. O kızın yeteneğini ve yeteneğini görselleştirebilirdi. Şirket merkez ofisinde, adı şirketin Direktörü pozisyonu için düşünülüyor. Tüm bu başarılar, harika bir destekleyici aileye sahip olduğu için mümkün oldu. Kocası Kantilal, kayınvalidesi, kendi ebeveynleri, teyzesi, kuzeni ve karısı Dipti ve son olarak çocukları onu her zaman destekledi. Bu genç yaşta küçük kız kardeşi Chhutki'nin tüm sorumluluğunu gönüllü olarak üstlenen oğlu Shantilal'in katkısını kabul etmelidir. Yeni dersler almak için ikisiyle de oturuyor. Tüm revizyonlar kendileri tarafından yapılır. Chhutki neredeyse kendini incelemek için eğitildi. İhtiyaç duyulduğunda kardeşinin yardımına güveniyor. Bu yüzden Banno işine daha fazla zaman ayırabilirdi. Haftalık izinlerini geçici olarak azalttı. Kantilal, çocukların çalışmalarını ve diğer gereksinimlerini denetlemek için sık sık Mumbai'ye gelirdi. Mumbai'deki CA ikinci bölüm sınav koçluğu için Dipti'yi getirdi. Banno, Dipti'nin Mumbai'deki tanınmış bir koçluk merkezinde okuması için tüm düzenlemeleri yapmıştı.

Banno ve ekibi proje raporlarına son şeklini verdi ve Başkan'a gönderilmeden önce tavsiyesi için genel müdüre gönderdi. Genel müdür, Banno'nun önderliğinde yeni bir fabrika kurmak için en güçlü tavsiyesini verdi. Banno'ya ertesi gün sıcak bir karşılama yapıldı. Başkan onay vermişti. Birçok değişikliğin gelmesi gerekiyordu. Banno yeni proje yerine taşınmak zorunda kaldı. Thane yakınlarındaki Mumbai'den neredeyse iki elli kilometre uzaktaydı. Bir

Kendriya Vidyalaya vardı. Bu yüzden vites değiştirmek sorun değildi. Şirketi, çocukların kabulü de dahil olmak üzere her şeyle ilgilenecekti. Banno'ya genel müdürün beş yatak odası, oturma odası, güzel bir çim ve iki araba ve aile üyelerine bakmak için iki sürücü için garajı olan konut bungalovu tahsis edildi. Mantık çok basitti. Genel müdür tüm aile sıkıntılarından kurtulmuş olsaydı, işine daha fazla zaman ayırabilirdi. Banno, evinin dört duvarı arasındaki aynı basit kadındı. Erkek yönetimi konusunda uzmanlaşmıştı. Kendisi için her şeyi yapabilecek hem işçilerden hem de memurlardan oluşan büyük bir ekip oluşturmada başarılı oldu. Patronlarının onlardan ne beklediğini biliyorlardı. Son beş yılda, hiçbir kurum Banno'dan gizli raporlarında kötü bir yorum almadı.

Geçen gün ofisine ulaştığında, tüm memurlar onu karşılamak için salonda duruyordu. Herkesin alkışladığını görünce şaşırdı.

"Tebrikler hanımefendi" diye yüksek sesle koro halinde bağırdılar. Hiçbir şey anlamadı. Sonra genel müdür yardımcısı yanına geldi ve şöyle dedi:

"Hanımefendi, tüm Tata grubu tarafından 'Yılın en değerli çalışanı' ilan edildiniz. Ekibimizin tüm üyeleri adına tekrar tebrikler."

Orada bulunan herkese teşekkür etti ve "Gerçekten düşünüyor musunuz, sizin özel hizmetleriniz olmadan bunu başarabilir miydim? Her biriniz bu ödülün başarısından ve hak sahibinden sorumlusunuz. Bana verilmiş olsa da, bunu hepiniz adına kabul edeceğim."

ABD'de Tatil

Odasına geldi. Masanın üzerinde bir zarf vardı. Bunu, hayatının en büyük ikinci sürprizini bulmak için açtı, ilki evliliğiydi. Grup, ailesiyle birlikte tüm masrafları karşılanmak üzere ABD'ye iki haftalık bir tatil paketi hediye ediyordu. Yüce Allah'a dua etti ve aniden evliliğini bozan ve neredeyse hayatını mahveden o suçlu adama teşekkür etti. Unutamayacağı yara izi hala oradaydı; Bu onu her zaman hayatta daha yükseğe çıkmaya motive ederdi. Hemen Kantilal'ı aradı.

"Sevgilim, iyi haberlerim var. Tahmin edebilir misin?"

"Bir promosyon daha mı?" Diye sordu Kantilal.

"Hayır, hepimiz için."

Banno bir ipucu verdi. Ama Kantilal hiçbir şeyden habersizdi. "Merak ediyorum, lütfen söyle bana." Banno'yu istedi.

"Pasaportlarımızı hazır tutun, hepimiz iki haftalığına ABD'ye gidiyoruz. Kurumumuz bana 'Yılın en değerli çalışanı' ödülünü verdi. ABD gezisi de ödülün bir parçasıydı." Gezinin tamamı şirketimiz tarafından desteklenmektedir.

Aile üyeleri bu harika haberi duyduğunda hepsi çok mutlu oldu. Şirkete katıldığında, şirket kuralı gereği aile üyelerinin pasaportları zaten hazırlanmıştı. Şirket Banno'ya ücretli tatil veriyordu ve Kantilal ve iki çocuğuyla gidebilirdi. Banno, Bimladadi ve ailesinden Tulsibhabhi ile birlikte kendilerine eşlik etmelerini istedi. Banno, gezilerine sponsor olacak kadar yetenekliydi. Krishna onlara eşlik edemedi, çünkü Dipti hamileydi. Tulsibhabhi, o aşamada Dipti'den ayrılmak istemediği için yetersizliğini gösterdi. Banno, gelecekte özgür olduklarında güzel ve ücretsiz bir tatil hediye edeceklerine söz verdi.

Banno, Kantilal'den ekibinin tüm çalışanlarına dağıtılmak üzere bin iki yüz paket şeker düzenlemesini istedi. Kantilal, tüm müşterilerini mutlu etmek için bu fırsatı değerlendirdi. Krishna ve o, paketlere koymak için farklı türde tatlılar ve atıştırmalıklar hazırlamaya karar verdiler. Buna göre, Banno'nun ekibinin tüm çalışanlarına ve Kantilal ve Krishna'nın tüm müşterilerine, her birine 'Teşekkür' kartı olan bir paket şeker verildi. Hepsi çok mutluydu.

ABD'ye giden uçağa binmek için Mumbai havaalanına ulaştılar. Banno, ofis işleri için pek çok kez hava yoluyla seyahat etmişti ama Kantilal, Bimladadi ve çocuklar ilk kez uçuyorlardı. Mumbai'den Kaliforniya eyaletindeki büyük bir şehir olan San Francisco'ya yaklaşık on sekiz saatlik bir yolculuktu. Göç formalitelerini tamamladılar ve uçağa bindiler. Bimladadi, gelinini kutsamaktan asla yorulmadı. Tanrı, Kantilal'ın karısı gibi her zaman ayakları yere basan çok yönlü bir kızı gönderdiği için çok nazikti. Kantilal'den çok daha fazla gelir elde eden Banno, bunu hiç kimseye göstermedi, aksine çocuklarına her zaman Bimladadi'ye ve babalarına kendisinden önce saygı duymayı öğretti.

Ertesi gün San Francisco'ya ulaştılar. Çok büyük kireç gecikmesi oldu. Saatlerini yerel saate göre ayarladılar. Taksi şoförü bir Hintliydi. Onları önceden rezerve edilen otele götürdü. Bir aile için tasarlanmış iki odalı bir takımdı. Shantilal ve Chhutki otelin konforunu görmekten çok mutlu oldular. Tuvalette ve yatak odasında çok fazla yeni alet vardı. Yataklarının sıcaklığını da ayarlayabilirler. Yatağın yüksekliği bile ayarlanabilir. Jet lag nedeniyle hepsi yorgundu. Kahvaltıdan sonra kapı zili çalana kadar birkaç saat uyudular. Otel çocuğu bir zarf vermeye gelmişti. Kantilal o zarfı açtı ve içinde bazı fişler buldu. Çocuklar için sürpriz hediye çekleri vardı. Bu hediyeleri almak için çocuk alanına gitmeleri istendi. Hepsi hazırlandı ve çocuk oyun alanına gittiler. Yapay zeka oyunları da dahil olmak üzere farklı oyunlar oynayan çok sayıda çocuk vardı. Banno onları önce ağ atlamaya, deri ata binmeye ve ardından araba yarışı oyunlarına götürdü. Bu oyunların ücretsiz oynaması için birkaç hediye kuponu vardı. İki kupon, her ikisi için de iki kafa dişlisi getirdi. Onları AI oyunları oynamak için kullanabilirler. Neredeyse iki saat oyun oynadılar. Öğle yemeği vaktiydi ve herkes yemekhaneye gitti. Süslemeler gerçekten çok güzel ve her masa için özeldi. Garson, küçük bebekler için küçük bir sandalye sağlandığı için Chhutki için özel bir sandalye ile geldi. Bimladadi en çok keyif alıyordu. Otelin her şeyiyle ilgileniyordu. Daha iyi bilmek için herkese çok sayıda soru soruyordu. Mumbai alışveriş merkezinde, bir kişi yaklaştığında cam kapıların otomatik olarak açılıp kapandığını görmüştü, ancak perdelerin alkış sinyalleriyle veya ışıklar ve klimalar için sesli talimatlarla hareket etmesi onun için yeniydi. İlk kez hepsi yemek servisi yapan konuşan robotları gördü.

Akşam, San Francisco'nun en ikonik simgesi olan 'Golden Gate Köprüsü'ne tanık oldular. San Francisco Körfezi ile Pasifik Okyanusu'nu birbirine bağlayan bir asma köprüdür. Birkaç şeritli bir One-Mile köprüsüydü. Biri yürüyebilir, koşabilir, bisiklete binebilir, scooter veya araba kullanabilir ve üzerinde paten yapabilir. Çocuklar ve engelliler için özel bir şerit vardı. Renkli lazer ışınları ile parlayan ışıklar ile o kadar güzel görünüyordu ki, saatlerce oturup güzelliğinin tadını çıkarabilirsiniz. Köprüde yemek derzleri vardı. Hepsi Amerika'nın sokak yemeklerinden keyif aldı. Bir sonraki plan Hollywood'a gitmekti. Ertesi gün sabah Hollywood stüdyosuna gittiler. Şans eseri bir film çekimine tanık oldular. Setler harikaydı ama çekimi sıkıcı buldular. Bütün gün stüdyoda kaldılar.

Beyaz Saray ve Washington Müzesi'ni görmek için Washington DC'ye gitmek üzere uçağa bindiler. Washington DC'de iki gece geçirdiler ve doğu kıyısına doğru yola çıktılar. Zaman sınırlıydı. Bu yüzden sadece beş yer planladılar, New York City, Niagara şelalesi, Özgürlük Anıtı, Disney Land ve Las Vegas. Her biri unutulmazdı ve hayatta en az bir kez görülmeliydi. Bimladadi, sadece turuna sponsor olmakla kalmayıp aynı zamanda tenha hissetmemesi için son derece özen gösteren Banno'ya minnettardı. Banno her zaman onun ihtiyaçlarını sordu. Kantilal'den rahatı için özel bir özen göstermesini istemişti. Farkına varamadan zaman bitmişti ve geri dönmek zorunda kaldılar. O zamanlar hiç kimse bu iki küçük çocuğun yakın bir gelecekte bir gün Amerika'yı saf yetenekleriyle yöneteceğini hayal edemezdi.

Yola çıkmadan bir gün önce harika bir haber aldılar. Dipti bir erkek bebek doğurmuştu. Kantilal ailesinin tüm çevresi o kadar mutluydu ki bağırmaya başladılar. Çocuklar bebek için oyuncak ve kıyafet almak istediler. Buna göre, bir alışveriş merkezine gittiler ve hem yeni anne hem de bebeği için birçok şey satın aldılar. Ertesi gün kendi vatanları Hindistan'a gitmek üzere ABD topraklarından ayrıldılar. Mumbai'ye ulaştıktan ve jet lag ile pazarlık yaptıktan sonra, Banno hariç herkes yeni doğan küçük bebeği görmeye gitti. Banno'nun bekleyen tüm görevlerini tamamlamak için hemen katılması gerekiyordu. Hafta sonu Krishna ve Dipti'yi ziyaret ederdi. Çocuklar kuzenlerini gördükleri için çok mutlu oldular, ABD'den küçük kardeş için getirilen tüm oyuncakları, kıyafetleri ve diğer şeyleri gösterdiler. Chhutki, onlara ABD'de gördükleri her şeyi anlatmaktan çok heyecanlıydı. Sonra küçüğün adı hakkında tartıştılar. Hepsi ismin küçük, kısa ve anlamlı olması gerektiği konusunda hemfikirdi. Tartışma sonuçsuz kaldı ve bir aradan sonra aynı şekilde devam edeceklerdi. Banno, bebeği kutsamak için hızlı bir ziyarette bulundu. Ona on gram altın para verdi. Öğle yemeğinden sonra Mumbai'ye geri döndü.

Banno'nun içgörüsü

Banno, ABD'ye gitmeden önce işin çeşitlendirilmesi için yeni bir teklif sunmuştu. Ürününün Asya çapında bir görüntülemesini istedi. Hindistan'da ürünü, ilgili endüstri tarafından önemli bir kar marjı ile iyi bir şekilde kabul edildi. Ama tatmin olmadı. Sadece hedefe ulaşmakla tatmin olacak bir insan değildi. Ulaşılan hedef, ulaşılabilir olduğu anlamına geliyordu. Kendisi ve ekibi için zor olacak bir hedef belirlemek istedi. Altı yıl içinde, ekip üyeleri de onun gibi eşit derecede sert hale geldi ve bir öncekinden daha büyük yeni bir girişime hazırdı. Kurul, başlangıçta kuruluşa yalnızca Asya Pasifik bölgesinin önde gelen endüstriyel pazarlarını keşfetmek için en az yarım milyon dolara mal olacak yeni teklifini sunmasını ve gerekçelendirmesini istedi. Bunun için uzman pazar araştırmacılarından oluşan ayrı bir ekibe ihtiyaç duyulacaktır. Farklı ülkelerde ofis kurmak ek mali külfet getirecektir. Banno, teklifinin uygulanabilirliğini haklı çıkarmak zorunda kaldı. Örgütün kuralına göre, yarım milyon dolarlık başlangıç harcaması gerektiren hiçbir teklif, mevcut üyelerin üçte ikisi teklif lehinde oy kullanana kadar Yönetim Kurulu toplantısında kabul edilmeyecektir. Banno bu kuralı iyi biliyordu. Kendini buna göre hazırlamıştı. Aslında kendi kuralı vardı. Bir üye teklifine karşı çıksa bile, kendisini projeden çekecekti. Organizasyonun Asya Pasifik bölgesinde yeni bir girişim başlatmasının ne kadar faydalı olduğunu kanıtlamak için kendini hazırladı. Örgütün diğer işletmeler için birçok Asya ülkesinde ofisleri vardı. İlk aşamada piyasa verilerini toplamak için bu merkezleri ve personeli kullanması daha kolay olacaktır. Bunun için belirli personeli eğitmek için bir eğitim metodolojisi geliştirecekti. İhtiyaç duyulması halinde kendi ekibinden bazı kişileri seçip eğitir ve yurt dışına gönderirdi. Öngörülen maliyeti daha da düşürecektir. Başlangıçta endüstriler Hindistan'dan karşılanacak ve daha sonra talep arttığında üretim merkezlerine başlama olasılığı araştırılabilecekti.

Belirlenen günde Banno, Yönetim Kurulu'nun toplantı odasına geldi. İlk kez yüzde doksandan fazla Yönetim Kurulu üyesi hazır bulundu. Hepsi Banno'nun liderlik özelliklerini duydu ama bir ya da ikisi dışında kimse onunla etkileşime giremedi. Bu yüzden fırsat geldiğinde, hepsi çok kısa sürede çok şey katmış olan o hanımefendiyi dinlemek için toplantıya katılmaya karar verdiler. Banno odaya girdi ve üye sayısını gözlemledikten sonra motive oldu. Projesi onların dikkatini çekmiş olabilirdi ve birkaç kişi yerine herkesi ikna etmesi gerekiyordu.

Herkesi selamladı ve kendi tanıtımını ve işinin doğasını verdi, organizasyona büyük kazanç sağlayan mevcut projeye başlama girişimini yaptı. Sonra daha fazla genişleme planını haklı çıkardı. Cümlelerinden biri izleyicilerin dikkatini çekti.

"Endüstriyel kimyasal üretimi, çelik ve diğer metal imalat sektörleri gibi öncü bir sektör haline getirmeyi arzu ediyorum. Diğer ağır mühendislik sektörleriyle birlikte, endüstriyel kimya sektörü de devlet dahil herkesin gözünde eşit öneme sahip olmalıdır. Şimdi teklifimin kuruluşumuzun dünya çapındaki imajını nasıl geliştireceğini açıklamama izin verin. Asistanından sunumunun basılı kopyalarını dağıtmasını istedi ve odanın dışında beklemesini istedi.

Sonraki bir buçuk saat, belki de orada bulunan herkes için bir fikir ve inanç şöleniydi. Her üye, Banno'nun planlarını uygulamanın netliğini bulduğunda şaşırdı. Üyelerin kafasında Banno hakkında karışık ama olumlu duygular vardı. "Nasıl oluyor da hem Hindistan hem de yurt dışı pazarları konusunda bu kadar titiz davranıyor? Bazılarını düşündüm." Diğerleri onun inanç ve kararlılık düzeyini görmekten mutlu oldular. Üyeler tarafından çok sayıda soru soruldu. Banno teknik cevaplarla herkesi tatmin etti. Sunumdan sonra, kararlarını vermeden önce aralarında tartışacakları sırada bitişik odada beklemesi istendi. Kesinlikle gerekliyse, oylama ile karar verecekler. Banno araya girdi ve "Hepinizden bir ricam var. Biriniz sunumumdan ikna olmasa bile, içinde en azından biraz lakuna olduğunu kabul edeceğim. Şimdilik geri çekileceğim. Bir dahaki sefere daha fazla gerekçe ile geri döneceğim. Ama kısmi yargıya inanmıyorum." Onlardan izin aldı.

Yönetim Kurulu toplantısı tarihinde ilk kez Banno'nun önerisi oy birliğiyle kabul edildi. Tabii ki, yaklaşık iki saatlik kapsamlı tartışmalar yaptıktan sonra şu sonuca vardılar: "Eğer Bayan Banno yeni teklifin tüm departmanlarını yönetir ve yönetirse, o zaman planına devam edebilir ve başlangıçta başlamak için yarım milyon dolar onaylandı. Fon, her biri yüz bin dolarlık beş taksitte ödenecekti. Banno içeri çağrıldığında herkesin mutlu olduğunu gördü. Belki de herkesi ikna etmede başarılı oldu. Parmaklarını çaprazladı ve kararı bekledi. Tek cümlelik bir karardı.

"Genel Müdür Banno'nun sunduğu teklif ve planlar oy birliği ile kabul edildi."

Gözlerinde yaşlarla Banno, mükemmel olmak için eğitildiği Bay Baldev'e baktı. Bu hareketiyle ona teşekkür etti. Herkese teşekkür etti, her üyeyle el sıkıştı ve mekanı terk etti. Tanrı'nın onun hakkında zaten karar vermiş olduğu pek çok şeyi bilmiyordu.

Banno Genel Müdür

Banno'nun çalışma alanı kat kat arttı. Kesin olan bir şey vardı. Akşam yediden sonra, daha fazla ofis veya iş baskısı olmamasına ve kesinlikle gerekli olana kadar resmi bir amaç için telefon görüşmesi yapmamaya karar verdi. Bu yüzden aileye ve çocuklara olan ilgisi azalmadı. Aksine, on ikinci kurul sınavı için Shantilal'e daha fazla zaman ayırıyordu. Gerçi her an sınava hazırdı, ama annesi bir görev ustasıydı. Çözmesi için bilimsel matematik problemleri ürettirdi. İngilizce ve diller gibi diğer konular birçok kez revize edildi. Chhutki sekizinci sınıfa geçti. Aynı zamanda sınıf birincisiydi. Bu yıl o da ağabeyi gibi devletin yetenek arama sınavına giriyordu. Shantilal, iki yıl önce onuncu sınıftayken Ulusal Yetenek Arama Sınavı'nı geçmişti. Sekizinci sınıftan itibaren Hindistan Hükümeti bursu alıyordu. Chhutki, erkek kardeşinin gerçek bir takipçisiydi, Banno her iki çocuğunun da sonuçlarından emindi.

Hem ofis hem de ev Banno tarafından sorunsuz bir şekilde yönetildi. İş baskısı günlük aile hayatını etkilemedi. Zaman çizelgesinde bir değişiklik oldu. Banno zamanlamasına gerektiği gibi karar verebilirdi. Bir ay içinde oldukça sık bir şekilde birçok Asya ülkesine seyahat etmek zorunda kaldı. Bu ülkelerdeki diğer departmanlarla koordineli çalışmıştı. İlk aşamada, planına göre, sadece iki ülkeye, yani Filipinler ve

Vietnam'a odaklanacaktı. Yönetim maliyeti diğer Asya ülkelerinden çok daha düşüktü. Kendisi iki kez ziyaret etti ve her iki ülkeye de fayda sağlayacak planı hakkında yerel yönetimle görüştü. Eylem planını uygulamak için hem teknik hem de yönetimsel olarak insan gücüne sahip oldu. Beş gün boyunca hem seyahati hem de ofisi ile meşguldü, iki gün ailesi için tuttu. Çocuklarının annesi, Kantilal'ın eşi ve Bimladadi'nin gelini olduğunu ve son olarak ebeveynlerine karşı da sorumluluğu olduğunu unutmadı. O, çoklu görevlerin özüydü. Soğukkanlıydı, sempatikti ve ekip üyelerini iyi tanıyordu. İK müdürüne, üzerinde şirket logosu kabartmalı olarak yaptırdığı bir hediye ile doğum günü kartı göndermesi talimatını vermeyi unutmazdı. Bu jest, yönetim ile işçi arasında yakın bir bağ oluşturmuştu. Bunun dışında Banno, varsa sorunlarıyla ilgilendi. Çoğu kez, kimseye söylemeden ekip üyesine yardım etmek için kendi cebinden harcamıştı. Tanrı ona çok şey vermişti. Geri ödeme sırası ona gelmişti. Gelirinin en az yüzde ikisini çalışanlarının yararına harcamaya karar vermişti. Aynı zamanda işleri zamanında halletmek zordu. Ertelemeye asla tahammül etmedi. Ekip liderleri eşit derecede çalışkan ve her zaman zorlukları kabul etmeye hazır olacak şekilde eğitildi.

Shantilal HTE'ye gitti

Shantilal, hem on ikinci hem de IIT girişini uçan renklerle geçti. Ailesine yakın olmak için Mumbai IIT'yi seçti. Kariyer olarak Bilgisayar mühendisliğini seçti. İkinci yılda, bir bankacılık dolandırıcılığının kaynağını izleyebilecek bir yazılım geliştirdi. Ulusal bir haberdi. Hindistan Hükümeti bunu not aldı. Bilgi ve Teknoloji Bakanlığı, Shantilal ve hükümet temsilcileriyle bir toplantı ayarlamak için IIT Mumbai ile temasa geçti. Buna göre, bankalar, kolluk kuvvetleri, hükümet yetkilileri ve BT uzmanları da dahil olmak üzere tüm paydaşlar arasında yazılımın açık bir gösterimi yapıldı. Shantilal, Hint bankalarının çeşitli yerlerinde sahte dolandırıcılık infazı düzenledi. Shantilal, bu dolandırıcılık faaliyetlerinin her bir kaynağını yakaladı. Ama analogları gizli tutamayacak kadar akıllıydı. Katkılarından dolayı ilk patentini aldı. Programlaması için ulusal bir tanınırlık aldı. HTE çalışmalarını tamamlar tamamlamaz, temel araştırma alanındaki yüksek öğrenimini ikna etmek için seçtiği bir ülkeye gitmesi için tam ve parlak bir burs verildi.

Chhutki takma adı Chinmoyee, Ulusal bir yetenek araştırma bilginiydi ve kardeşi gibi parlak bir öğrenciydi. Kardeşi gibi on ikinci ve IIT giriş sınavını geçti ve kariyeri olarak havacılık mühendisliği alanında IIT Mumbai'ye katıldı. Bu kursa katılmasının bir arka planı vardı. Beş yaşındayken, bir gün, Chhutki ilk kez köylerinin üzerinden geçen bir uçak gördü. Bu onun herhangi bir uçan cisimle ilk tanışmasıydı. Babası Kantilal'dan uçmak istediği için kendisi için bir uçak satın almasını istedi. Babası gülümsedi ama cesaretini kırmadı. Bunun yerine, "Tamam, senin için bu evde çalışabilecek küçük bir uçak getireceğim ve büyüdüğünde uçabilen bir uçak getirmeye çalışacağım" diyerek cesaretlendirdi. Ertesi gün Kantilal, düz bir zeminde yuvarlanabilen oyuncak bir uçak getirdi. Kendi uçağına kavuştuğu için çok mutluydu. Okulda, birinci sınıftaki arkadaşlarına göstermek için okul çantasından uçağını çıkardı. Hepsi ona dokunmak istedi ama Chhutki kimsenin onu elinden almasına izin vermedi. Öğretmen, tüm sınıfın oyuncak uçağı görmek için toplandığını fark etti. Öğretmen onlara yeni bir şey öğretmeye karar verdi. Uçan uçağı icat eden Wright Kardeşler'in hikayesiyle başladı. Daha sonra öğretmen, sınıf odasında uçan bir kağıt uçak yaparak nasıl çalıştığını anlattı. Herkes uçan uçağı görmek için alkışlıyordu. Öğretmen daha sonra her birine kendi uçaklarını yapmaları için bir parça kağıt verdi. Adım adım kağıdın farklı kıvrımlarını anlattı ve sonunda neredeyse tüm küçük çocuklar kendi kağıt uçaklarını yaptılar. Bu küçük kız Chutki, kağıt uçağına o kadar dalmıştı ki, öğretmenin uçuş süresini en üst düzeye çıkarmak için onu uygun yükseklikte gökyüzüne fırlatma tekniği hakkında verdiği talimatları dinlemeyi unuttu. Öğretmeni, bu kızın tamamen yaratılışına dalmış olduğunu fark ettiğinde, ona geldi ve bir uçağı uçurmada havanın rolünü anlamasına yardım etti. Çocuk hiçbir şey anlayamayacak kadar küçük olmasına rağmen, gökyüzünde uçakta oturmanın düşüncesi onu büyüledi. Çantasında iki uçakla eve döndü. Onlardan birini kendisi yarattı. Ailesine, erkek kardeşi Shantilal'a, büyükannesi Bimladadi'ye ve annesi Banno'ya göstermek için huzursuzdu. Chhutki eve varır varmaz hepsini oturma odasına çağırdı ve uçabilen ilk eserini gururla gösterdi. Kağıt uçağı odanın tavanına doğru fırlattı. Yere bir burun dalışı yapmadan önce biraz uçtu. Babası onu kucağına aldı ve "Bir gün pilot olarak bir uçağı uçuracaksın ve hepimiz seninle yolcu olarak uçacağız" dedi. Ağabeyi Shantilal'ın kendisi de parlak bir öğrenciydi. Altıncı sınıftaydı. Sınıfta her zaman birinci sırada yer aldı. Her iki çocuk da annelerinden ders alıyordu. Shantilal kız kardeşini çok severdi. Kız kardeşine de ev ödevlerini tamamlaması için yardım ederdi. Her iki kardeş de daha fazla kağıt uçak yapmakla meşgul oldu. Ayrıca, düzlemlerinin farklı şekillerini veren farklı kıvrımlarla deneyler yaptılar. Bazı uçaklar beklendiği gibi uçtu, bazıları uçmadı. Her ikisi de belirli bir kıvrımın neden beklenen sonucu vermediğini anlamaya çalıştı. Bir hafta içinde Chhutki, daha uzun süre uçabilen kağıt uçak yapımında uzmanlaştı.

Chhutki'nin yeteneği ortaya çıktı

Yıllar kendi hızlı temposunda geçti. Shantilal, Bilgisayar mühendisliği okumak için HTE'ye gitti ve kız kardeşi Chhutki sekizinci sınıfta okuyordu. O da, erkek kardeşi gibi, her zaman sınıfın en iyisi oldu. En sevdiği dersler Matematik ve Fizikti. Chhutki, aerodinamik ile ilgili zor problemleri çözmekten her zaman keyif alırdı. Bilimsel düşüncede yaşıtlarından çok daha ilerideydi. Chhutki dokuzuncu sınıfa geldiğinde, onuncu veya on birinci sınıfın problemlerini çözüyordu. Bilimsel maketler yapmak için farklı yarışmalara katıldı ve okul için defne getirdi. Sonunda bir gün kendi uzaktan kumandalı helikopter modelini yaptı. Başarılı bir proje oldu. Kardeşi ona çok fazla girdi vermesine rağmen, kendi katkısı oldukça önemliydi. Bir gün, HTE kütüphanesinde, Shantilal bir reklama rastladı. Drone modelleri yapmak için uluslararası bir yarışma hakkında bilgi sahibi oldu. İlk üç model yaratıcısı, daha ileri çalışmalar için NASA, ABD'ye gitmek için tam parlak burs alacaktı. Bu üç katılımcıya, doktora seviyesine kadar çalışmalarını sürdürmeleri için tüm olanaklar sağlanacaktır. Chhutki'nin kardeşi Shantilal bu ilanı görür görmez vakit kaybetmeden Chhutki'yi aradı ve tüm detayları verdi. Bu reklamın fotoğrafını Chhutki'ye gönderdi ve üzerinde düşünmesini istedi. İhtiyacı olan girdiler ne olursa olsun, onları elde etmeye çalışacaktır.

Zorlu bir çabaydı. Ancak aynı zamanda önemli mali yüke ve başarısızlık riskine neden olacaktır. Proje başarılı olabilir veya olmayabilir. Başarılı olsa bile, bursu almak için ilk üç pozisyondan birini kazanamayabilir. Ancak Chhutki, sadece cömert ve cesaret verici ebeveynlere sahip olduğu için değil, aynı zamanda deneysel projelerinde her zaman kız kardeşinin yanında olan bir erkek kardeşi olduğu için şanslıydı. Dünyada yapılan diğer tüm insansız hava araçlarından daha iyi olması gereken bir insansız hava aracı yaratma projesini tamamlamak için sadece 35 günleri vardı. Üstlenmesi gerçekten göz korkutucu bir görevdi. Chhutki, erkek kardeşinden hafta sonu bir günlüğüne eve gelmesini istedi. Buna göre, bir sonraki Pazar günü, Chutki, ebeveynleri, Dadi ve erkek kardeşi, projenin özünü anlamak için birlikte oturdular. Uçabilen temel drone modelini hazırlamak için ihtiyaç duyulan yedek parça listesini hazırladılar. Tüm katılımcıların insansız hava araçları hazırlayacağı belliydi. Bazıları, katılan adaylardan beklenmeyen profesyonel yardım alabilir. Okullar, koğuşlarına rehberlik etmeleri için fen bilgisi öğretmenlerini görevlendirebilir. Yarışmanın en üst seviyesinde rekabet edebilmek için en büyük zorluk, Drone'un kapasitesini maksimum sayıda bilimsel görev içerecek şekilde artırmak olacaktır. Chhutki geçenlerde erkek kardeşi tarafından hediye edilen Jeofizik üzerine bir kitap okuyordu; Aklına bir fikir geldi.

"Hepinizi dinleyin," dedi Chhutki, "Paylaşacak bir fikrim var. Drone'umuza, gökyüzünden yere sinyaller gönderecek, büyük ölçüde derinlere inecek, dünya yüzeyinin altındaki farklı katmanlara nüfuz edecek ve farklı kabuğun bileşenlerini kontrol etmek için analiz edilebilecek sinyaller gönderecek özel bir parça kurmaya ne dersiniz? Ayrıca, farklı minerallerin yüzdesini ve saf suyun hacmini ve dünya yüzeyinden derinliğini de bulabilir mi? Ayrıca, oradaki sismik değişimlere dayanarak, yakın gelecekte olası bir deprem olasılığı olup olmadığını tahmin etmeye de yardımcı olabilir."

O odadaki herkes, özellikle de Shantilal ve annesi Banno, bu küçük kızın bu kadar genç yaşta sahip olduğu bilimsel bilgi derinliğini görünce şaşırdılar! Shantilal kız kardeşiyle çok gurur duyuyordu. Kendi ticari marka dronunu yaratması için ona yardım etmeye karar verdi. Toplam tahmini maliyet yaklaşık iki buçuk lak rupi olabilir. Büyük bir miktardı, ama devam etmeye karar verdiler. Okul, uluslararası bir yarışmada yarışmak için bir insansız hava aracı yaratacak olan öğrencisi Chinmoyee'nin parlak fikrini öğrendiğinde, okul acilen çağrılan yönetim kurulu toplantısında, projesine katkıda bulunmak için elli bin rupi onayladı. Okul iki şart koydu; ilk olarak, bireysel öğrencinin katılımı yerine, okulu ulusal düzeyde yer alacak ve bu da okulun imajını geliştirecektir; İkincisi, yaratılan insansız hava aracı okulun mülkü olacaktır. Chhutki'nin ailesi her iki koşulu da kabul etti. Okul, katılan tüm formaliteleri resmi olarak yerine getirdi. Hem katılımcı öğrencinin adını hem de fen bilgisi öğretmeninin adını rehber olarak koymak zorunda kaldılar. Ancak, öğrenciye projeyi yürütmesi için rehberlik edecek ve yardımcı olacak iki rehber ismini sunmak zorunda kaldılar. Bu okulda öğrenciye rehberlik edebilecek ikinci bir uygun öğretmen olmadığı için, kardeşi Shantilal'ın adı için özel bir izin alınmasının dahil edilmesine karar verildi. Kuralın, projenin final yarışma turuna dahil edilmesine ilişkin karar alınmadan önce hem öğrenci hem de rehberlerle görüşüleceğine dair bir madde vardı. Eğer proje ulusal düzeyde ilk sırada yer alırsa, o zaman sadece ülkeyi uluslararası düzeyde temsil ederdi. Buna göre, makaleler daha fazla işlenmek üzere Yeni Delhi Bilimsel İşler Bakanlığı'na gönderildi. Bir hafta içinde, Chhutki'nin okulunun yarışmaya katılmaya uygun olduğu kabul edildi. Bazı bilimsel topluluk ve hava savunma departmanının bilimsel araştırma ve geliştirme kanadı olan Hindistan Hükümeti, Chinmoyee'nin projesine önemli miktarda mali yardım sağlamak için öne çıktı. Savunma bakanlığı da bunun için farklı yedek parçaların tedarik edilmesine yardımcı oldu. Chinmoyee, Shantilal ve savunma bakanlığı memurları arasında bazı gizli toplantılar yapıldı. Ulaşılması zor arazilerde ve dağlık alanlarda terörist faaliyetleri kontrol etmelerine yardımcı olacak bazı gelişmiş gözetleme ekipmanlarının dahil edilmesini araştırdılar. Bu deneyler, prototip ilgili bakanlık tarafından kabul edildikten sonra Hint insansız hava araçlarının gelecekteki üretimine yardımcı olabilir. Okulun bu toplantılardan haberi yoktu. Okul için basit bir uçan drone modeli yapılmasına karar verildi ve gelişmiş versiyon, gelecekte savunma bakanlığı için faydalı olabilecek farklı ekipmanlarla yüklenecekti. Artık finans hiç sorun değildi. Shantilal, bu projeye tam zamanlı olarak katılmak için HTE'sinden resmi bir izin aldı. Çoğu zaman, tüm araştırmaları Hindistan

Hükümeti'nin bir Jeofizik laboratuvarında yaptılar. Bir ay içinde, daha önce planlandığı gibi iki insansız hava aracı hazırdı. Ulusal düzeyde, yaklaşık üç yüz okul katıldı. Sunum gününde, öğrencinin ve rehberlerin kendi dronlarının benzersizliğini ve farklı özelliklerini tanımlamalarına izin vermek için görüşmeler yapıldı. Katılımcının kendisi tarafından bir drone yapmanın gerçekliğini kontrol etmek gerekiyordu. Daha sonra katılımcılara gerçek uçuş gösterisi yapıldı. Chinmoyee tüm kategorilerde birinci oldu. Okul çok mutluydu ve Chhutki'yi ve öğretmen rehberini onurlandırmak için bir kutlama etkinliği düzenledi. Öğretmeni iki kademe ve okul müdür yardımcısı olarak terfi ile ödüllendirildi. Ayrıca uçan drone'u öğrencilere gururla sergilediler. Eyalet Valisi, Chinmoyee'ye bir plaket ve nakit ödül olarak yirmi beş bin rupi takdim etti.

İkinci insansız hava aracı, Hindistan Hükümeti aracılığıyla uluslararası meydan okuma için gönderilen çok ileri teknoloji ile donatıldı. Katılımcıların gösterim turuna tanık olmalarına izin verilmedi. Katılan yüz yirmi altı ülke vardı. Uçuş manevrası ve güvenliği temelinde, Chinmoyee tarafından yapılan da dahil olmak üzere sadece yirmi altı insansız hava aracı seçildi. Bu turda, dronlar farklı drone uzmanları tarafından uçuruldu.

Şimdiye kadar Chhutki seçim sürecinde yer almadı. Bir sonraki turda kişisel olarak hazır bulunması için ima ve davet aldı. Rehberlerinden birini yanında getirebilirdi. ABD'de NASA'da bulunmak için iki açık bilet gönderdiler. Hem erkek hem de kız kardeş birlikte uçağa bindiler. NASA, onları havaalanından almak ve misafirhanelerine koymak için bir araba gönderdi.

Bir sonraki tur, insansız hava aracının insanlığa faydası temelinde değerlendirilecekti. Chhutki ve Shantilal, insansız hava araçlarının gerçekleştirebileceği birçok görevi göstermek zorunda kaldılar. Son olarak, en iyi üçünü bulmak için yedi insansız hava aracı seçildi. Önümüzdeki üç gün boyunca, tüm katılımcılar yeteneklerini ve dronlarını yaratma amaçlarını gösteriyorlardı.

Teker teker Chhutki ve erkek kardeşinden belirli bir yükseklikten göstermeleri istendi, belirli bir yere sinyal gönderebilir ve veri toplayabilirlerdi; Amerikan Jeolojik araştırma departmanının zaten farklı nitelikte veriler topladığı yer olduğunun farkında değillerdi. Onlar tarafından toplanan veriler ve Chhutki tarafından yapılan drone tarafından toplanan veriler dikkat çekici bir şekilde eşleşti. Daha sonra casus kamera belirli gizli nesneleri tespit edebilir, dronun gözetim sistemi güvenli bir şekilde tutulan metal nesneleri başarıyla izleyebilir. Bir noktada, Amerikan ajansı Chhutki'nin insansız hava aracını gözetlemek için bir insansız hava aracı gönderdi. Şaşırtıcı bir şekilde, Chhutki'nin insansız hava aracı, diğer insansız hava aracını uyarmak için dijital ses sinyali göndererek hemen tepki verdi. İki insansız hava aracı arasındaki mesafe oldukça uzak olmasına rağmen, gerekli eylemi başarıyla gerçekleştirebilirdi. Chhutki, puan tablosundaki diğer katılımcılardan çok önde olmasına rağmen, jüri hala bunun gerçekten Chinmoyee'nin işi olduğuna inanmadı. Bu nedenle, dronunun tasarımı ve işleyişi hakkında daha fazla ayrıntı vermesinin isteneceği başka bir sunum yapmaya karar verdiler, Bu sunum sırasında Shantilal'e izin verilmediğinden, Chinmoyee tek başına jüri önünde açıklayıcı ve açıklayıcı bir anlatım sundu; bazıları ABD savunma ve istihbarat bakanlıklarındandı. Hakimler tarafından sorulan tüm soruları tatmin edici bir şekilde yanıtladı. Hindistan'dan gelen bilimsel uzman temsilciler de dahil olmak üzere orada bulunanlar, Hindistan'ın genç yeteneklerini görünce çok şaşırdılar.

Chinmoyee'nin drone'u birçok benzersiz yardımcı programa sahip olduğundan ve tüm yardımcı programlar insanlığa hizmet etmek için olduğundan, drone'u tüm jüri üyelerinden maksimum puan aldı. Hindistan'dan Chinmoyee tarafından yaratılan drone, tüm uluslararası katılımcılar arasında en iyisi oldu. Diğer iki üst düzey katılımcıyla birlikte, Amerika Birleşik Devletleri Başkanı'nın elinden madalyon almak üzere Beyaz Saray'a davet edildi. Shantilal de davet edildi. Hindistan'ın tüm gazeteleri haberi yayınladı. Kantilal ailesinin tüm fertleri her iki çocuğuyla da gurur duyuyordu. Chhutki takma adı Chinmoyee, ABD'de okumak için tam parlak burs aldı. Her ikisi de kendileri için planlanan birçok kutlama programına tanık olmak için Hindistan'a döndü. Hindistan Hükümeti, Hindistan Devlet Başkanı'nın elinde hem Chinmoyee'yi hem de Shantilal'ı kutlamak için Rashtrapati Bhavan'da özel bir program düzenledi. Kantilal, Banno, Bimladadi ve diğer aile üyeleri bu etkinlikte hazır bulundu. Küçük kız Chinmoyee'ye beş lac rupi nakit ödül verildi.

Chinmoyee, Mumbai IIT'de iyi bilinen bir kişilik haline geldi. Buluşu için Maharashtra Valisi, Hindistan Hükümeti ve Amerika Birleşik Devletleri Başkanı tarafından zaten ödüllendirildi. ABD'deki NASA ile ilişkili bir kurumda okumak için zaten tam bir parlak burs kazanmıştı. Geleceği zaten güvence altına alınmıştı. Hem Kantilal hem de Banno, Chhutki'nin IIT, Mumbai'de havacılık mühendisliği alanında B.Tech tamamlaması ve ardından ABD'ye devam etmesi gerektiğine karar verdi.

Shantilal'in kariyerinin başlangıcı

Shantilal, HTE final sınavını rekor notlarla geçti. MIT, ABD onu büyük finansal faydaları olan bir araştırma görevlisi olarak davet etti. Nihayetinde, Shantilal ileriye dönük entelektüel başarıları için ABD'ye gitti. 'Sahte dijital korsanlığın önlenmesi' alanında doktorasını tamamladıktan sonra Shantilal, NASA'ya süpersonik sinyalizasyon departmanında kıdemli danışman olarak katıldı. Bu bölüm, sinyalizasyon araştırması söz konusu olduğunda en gizli ve en gelişmiş bölümlerden biriydi. Çok az insan NASA bilgisayar programlama araştırma laboratuvarına girme şansı buluyor. Shantilal, Shantilal'in fikirlerini gerçeğe dönüştürmek için yirmi yetenekli ve kendini işine adamış bilgisayar programlama uzmanından oluşan bir ekibe sahip olan şanslılardan biriydi. Departmanındaki hiç kimse, yaptıkları araştırmanın doğası hakkında asla konuşmazdı. Aslında, kendileri tarafından yapılan modüllerin başka bir programda başka bir yere nasıl entegre edildiğini bilmiyorlardı. Bölümler arası ve bölüm içi transferler sıktı. Bariz nedenlerden dolayı hiç kimsenin belirli bir departmana uzun süre yerleşmesine izin verilmedi. NASA ile uzun bir süre çalıştıktan sonra Shantilal, Silikon Vadisi'nde Microsoft'a çok yüksek yıllık avantajlarla birlikte katıldı.

Shantilal, Anjana ile tanıştı

Güzel bir akşam, Shantilal, bazı arkadaşlarının aile üyeleriyle birlikte doğum gününü kutlamak için geldiği bir aile toplantısında Anjana ile tanıştı. Meslektaşı Venugopal Kattampalli'nin küçük kız kardeşiydi. Kattampalli ailesi otuz yıl önce ABD'ye geldi. Anjana, ABD'nin Kaliforniya eyaletinde doğdu ve büyüdü. Doğuştan Amerikan vatandaşıydı. Şu anda yüksek lisans derecesi için etnik Amerikalıların çağdaş müziği üzerine bir tez yazmakla meşguldü. Kendisi çok iyi bir şarkıcıydı. Karnataka müziği ve Bollywood Hintçe şarkılarıyla ilgileniyordu. Pasta kesme ve doğum dileği ritüellerinin ardından izleyicilerden Anjana'nın şarkı söylemesi için talepler geldi. Shantilal bir şeye dikkat çekti. Kardeşi Venugopal tarafından onunla tanıştırıldığı ve her ikisinin de el sıkıştığı andan itibaren; Aralıklı olarak onu gözlemliyordu. Shantilal rahatsız oldu. Hayatında ilk kez bu durumla karşı karşıya kaldı. Eğitimi ve iş yeri boyunca birçok kadın sınıf arkadaşı ve meslektaşı vardı, ancak hiç kimseye karşı bu kadar çekici hissetmemişti. Başka bir yeri görmeye çalıştı. Ama ona baktığında, onun kendisine baktığını gördü. İçinde bir sürü şimşek çaktı. Onun söylediği şarkıları neredeyse hiç duymuyordu ve Anjana onun onu dinlemediğinin farkındaydı. Programın ardından öğle yemeğine geçildi. Doğrudan ona geldi ve erkek kardeşiyle birlikte masasına katılmak istedi. Tamam dedi ve onu Venugopal'ın bir arkadaşıyla oturduğu bir masaya kadar takip etti.

İzin istedi ve kardeşine, "Venudada, bir ricam var. Bay Shantilal burada öğle yemeği için bize katılacak.

Venugopal, Shantilal'ı onlarla birlikte bulduğu için mutluydu. O odadaki herkes Shantilal'i Silikon Vadisi'ndeki en entelektüel ve yetenekli teknik kişi olarak tanıyordu. Venugopal ayrıca içinde kız kardeşi hakkında bir sinyal aldı. Kız kardeşi çok çekingen ve içine kapanık olduğundan, Anjana'nın ilk kez tanıştığı birini davet ettiğini görmek onun için bir sürpriz oldu. Öğle yemeğinde birbirlerine karşı çok samimiydiler. Anjana, Shantilal'a farklı ürünler tanıtıyor ve servis ediyordu. Ona hizmet etmeme isteğini dinlemedi; ne isterse alacağını söylediğinde.

Hem annesinin hem de kız kardeşinin onu ne kadar sevdiklerini hatırladı. İkisini de çok özledi. Chhutki'nin IIT'den B.Tech tamamlamasını ve tam parlak bursuyla ABD'ye gelmesini bekliyordu. Gelecek yıl burada olacaktı. Shantilal, kız kardeşi Chhutki'nin ABD'ye geldiğinde ona hizmet edeceğini hayal ederek gülümsedi. Anjana onun gülümsediğini gördü. Merak etti ve sebebini sordu. Shantilal daha sonra ona ve Venugopal'a kız kardeşini ne kadar özlediğini söyledi. Ayrılırken öğle yemeğinden sonra Venugopal, Shantilal'ı bir sonraki hafta sonu evine davet etti. Shantilal'ın yanında Venugopal'ın kartı zaten vardı. İrtibat numarasını biliyordu. Tanrı'nın onlar için farklı planları olduğunu bilmeden arkadaşının davetini kabul etti. Kattampalli ailesi, hem kızları hem de oğulları için sırasıyla bir damat ve bir gelin arıyordu.

Pazar sabahı Shantilal, Anjana'dan evlerine ne zaman geleceğini sormak için bir telefon aldı. Shantilal bazı acil işler için ofisindeydi. Öğleden sonra onlara katılacağını söyledi. İş bitene kadar ofisten ayrılamayacağı için biraz geç olabilir. Shantilal serbest kaldığında arabasını aldı, Venugopal'ın adresini GPS sistemine girdi ve ona göre sürmeye başladı.

Öğleden sonra saat üçte oraya ulaştı. Hem erkek kardeşi hem de kız kardeşi onu bekliyordu. Onu gördüklerine çok sevindiler. Shantilal gecikme için özür diledi. Hepsi oturma odasında oturdu. Anjana ona hoş geldin içkisi ikram etti. Ananas suyuydu. Bu arada, her iki aile de sert içeceğe dokunmuyor. Venugopal ve Anjana'nın ebeveynleri oturma odasına geldi. Anjana onları Shantilal ile tanıştırdı. Shantilal hemen ayağa kalktı ve yaşlıları selamlamak için geleneksel Hint usulü ayaklarına dokunmak için eğildi. Shantilal'in doğasını görmekten çok mutlu oldular ve onu kutsadılar. Shantilal'ın, ebeveynlerin Shantilal'ın birkaç gün önce aile toplantısı sırasında çekilen fotoğraflarını zaten gördüklerinden haberi yoktu. Anjana'nın ailesi ve erkek kardeşi ile çok samimi bir ilişkisi vardı. Doğası gereği içine kapanık olmasına rağmen, Tanrı bilir neden Shantilal için güzel sözler söyledi. Bu yüzden hepsi o çocuğu görmek için sabırsızlanıyorlardı. ABD'de doğmuş olmasına rağmen, hiçbir erkekle arkadaşlık geliştirmemişti. Chinmoyee'den bir ya da iki yaş büyük olabilir.

Anjana'nın babası Shantilal ile konuşurken hayati bir soru sordu. "Bize anne baban hakkında bir şeyler anlat" diye sordu.

Shantilal, "Babam toptancı bir bakkal tüccarı ve annem Tata grubunun Asya Pasifik bölgesinden sorumlu Endüstriyel Kimyasal Üretim Sektörü Genel Müdürü" dedi.

"Kardeşin var mı?" Diye sordu Anjana'nın annesi.

"Evet, çok yetenekli sevimli bir kız kardeşim var. Onun adı Chinmoyee. Ama biz ona Chhutki diyoruz. Halihazırda uluslararası alanda en iyi drone olarak değerlendirilen bir drone geliştirdi ve Hindistan Cumhurbaşkanı ve Amerika Birleşik Devletleri Başkanı'ndan madalyon aldı. ABD'de okumak için zaten tam parlak burs kazandı. Şu anda IIT Mumbai'de havacılık mühendisliği bölümünde B.Tech son sınıftadır. Onu kendimden daha çok seviyorum."

Bilmeden, onlara kız kardeşi Chhutki'nin tüm biyografik verilerini verdi.

"Harika yetenekli bir aileniz var. Çok nadiren bu tür entelektüel insanların bir ailede toplandığını görüyoruz. Onlarla tanışmayı çok merak ediyoruz. Bu arada ne zaman geleceklerdi?" Kıdemli Kattampalli, Anjana'nın babası.

"Çok yakında buraya geleceklerdi. Sadece Chinmoyee'nin final sınavını bitirmesini bekliyorlar. Kaliforniya'daki NASA denetimindeki kuruma rapor vermek zorunda. Süper hızlı drone'un aerodinamik yoğunluğu konusunda uzmanlaşmak için burada olacak." Shantilal yanıtladı.

Hem Anjana hem de Venugopal, Shantilal'ı büyük bir dikkatle dinliyorlardı. Shantilal'in evli olmadığını biliyorlardı, bu yüzden ona olan ilgi çok arttı. Bir şekilde kendilerini kontrol ettiler. Şimdilik sakin ve soğukkanlı olmak daha iyiydi.

Shantilal de huzursuzdu. Chhutki'nin tepkisini sabırsızlıkla bekliyordu. O hiçbir şey için iyi değil. Dün gece, Anjana'nın doğum gününü kutlamak için yapılan aile toplantısı sırasında çekilen Venugopal ve Anjana'nın fotoğraflarını Chhutki'ye göndermişti. Ama belki de mesajı görmemişti. Shantilal sebebini, neden gergin hissettiğini anlamadı. Hayatında pek çok zorlu zorlukla karşılaşmıştı. Hepsine gülümseyerek baktı.

Bu doğru değildi. Kardeşi ilk kez Chhutki'nin hiç beklemediği bir şey göndermişti. Erkek kardeşi cep telefonunda bir kızın fotoğrafını saklamıştı! Olanaksız! Sonra kendi kendine sorguladı, "Neden imkansız?" Erkek kardeşi yirmi sekiz yaşında, ondan beş yaş büyük. Bir kıza ilgi duyması oldukça doğaldır. Şimdiye kadar, kariyerini şekillendirmekle çok meşguldü. Bu konuyu hemen annelerine bildirmesi gerekip gerekmediğine karar veremiyordu. Ailesinin evliliği hakkında konuştuğunu biliyor. Bu evlilik işlemlerini durdurmayı başarmak zorunda kaldı. Şimdilik tepkisini vermek zorunda kaldı. Kardeşi ona cevap vermediği için ona kızgın olabilirdi.

Sonunda cesaretini toplayarak basit bir cevap verdi: "Fotoğraftaki kız çok güzel ama fikrimi söylemeden önce daha fazla bilgiye ihtiyacım var. Aşağıdakilere "Evet" veya "Hayır" yanıtını verin.

1. O kızı seviyor musun?
2. Onunla evlenmek istiyor musun?
3. Emin misin, o senin değerli hayat arkadaşın olacak?
4. Annemizin kayınvalidesine baktığı gibi anne babamıza da bakacak mı?
5. Onun doğasını hızlı bir şekilde keşfetmeye hazır mısınız?
6. Kabulüm için oraya varana kadar hiçbir şey yapmadan bekleyebilir misin?

Sevgili kardeşim, şu anda her şeyi halının altında tutalım. Bırakın her şeye ebeveynlerimiz karar versin."

Her zamanki gibi haklıydı. Birkaç hafta bekleyelim. Onun masajıyla rahatladı. Bir başparmak yukarı imoji geri gönderdi.

Shantilal ile birlikte hepsi yemek masasına geldiler. Anjana dışında hepsi oturdu. Herkese hizmet ettikten sonra otururdu. İlk servisten sonra Shantilal'ın önüne oturdu. Her şeyin başlamasını istedi. Hepsi dualarını okudular ve yemeğe başladılar. Akşam yemeğinden sonra bir fincan kahve ile herkes tartışmaya başladı. Akşam oldukça geç bir saatti. Hindistan ve ABD'de yaşama farklılıkları hakkında tartışıyorlardı. Zamana önem vermedeki ciddiyet konuydu. Shantilal, ailesinde zamanın önemini görmüştü. Kimse hiçbir şey yapmadan bir saniyesini bile boşa harcamadı. Bimladadi bile her zaman meşguldü. Annesini ve özverili fedakarlıklarını ve başarılarını anlatmaya başladığında dikkatlice dinlediler. Banno'nun hikayesi bir kararlılık hikayesiydi. O odadaki herkes büyülenmişti. Görmeden Banno'yu sanal olarak görselleştirebiliyorlardı. Akşama doğru Shantilal vedalaşmak için ayrıldı. Bu sefer sadece Anjana onu uğurlamak için ana kapıya geldi.

Neredeyse fısıldadı, "Hayatımda ilk kez birinden etkileniyorum. Bu toplantıyı uzun süre kutlayacağım. Tekrar gel, seni bekliyor olacağım. Chinmoyee'ye, ailene ve babana saygılarımı ilet. Lütfen telefon numaramı kız kardeşine ver. Onunla konuşmak istiyorum. Onu gerçekten merak ediyorum. Cumhurbaşkanımız tarafından onurlandırıldı. Bu oldukça büyük bir başarıdır. Görüşmek üzere. Hoşçakalın."

Shantilal'ın arabası gözden kaybolduktan sonra bile uzun bir süre orada durdu. Neden bu kadar uzun süre orada durduğundan emin değildi. Yavaşça eve girdi. Anne babasının ve erkek kardeşinin onu beklediğini gördü. Annesi ondan oturmasını istedi ve "Anjana bebeğim, birkaç gün önce evliliğiniz hakkında konuşuyorduk ama sen kaçındın. Birine ilgi duyup duymadığınızı sorduk, reddettiniz. Uzun bir aradan sonra Shantilal'i beğendiğinizi hissettik. Bizden hiçbir şey saklamayın. Onunla gerçekten ilgileniyor musun?

Cevabınız evet ise, kızlarının kabulü için buraya geldiklerinde ailesine başvurabiliriz. Ne dersin?"

Başlangıçta, bir süre sessiz kaldı. Sonra dedi ki, "Evet, o adamı sevdim. Kardeş Venugopal onun iş arkadaşıdır. Daha iyisini söyleyebilecek. Ama ailesi teklifimizi kabul ederse mutlu olacağım. Ama sizden acele etmemenizi rica edeceğim. Zaten başka birini sevip sevmediğinden emin değiliz. Bunun şansı daha az çünkü o da ince davranışlarıyla bana biraz ilgi gösterdi. Altıncı hissim bana benimle ilgilendiğini söylüyor. Şimdi size kalmış. Tek ricam, durumun dikkatli bir şekilde ele alınmasıdır." Hepsi kabul etti.

Anjana odasına geldi. Telefonu çalıyordu. Hindistan'dan bilinmeyen bir numaradandı. Hindistan'dan neredeyse hiç kimseyi tanımıyor. Birkaç zil sesinden sonra durdu. Bir süre sonra tekrar çaldı. Tereddütle aramayı kabul etti.

"Merhaba",

"Bayan Anjana ile mi konuşuyorum?"

"Evet, sen kimsin lütfen?"

"Ben Chinmoyee takma adı Chhutki, Shantilal'ın küçük kız kardeşiyim. Seninle bir dakika konuşabilir miyim lütfen?"

"Aman Tanrım! Chinmoyee mi? Aman! Seninle konuştuğuma çok sevindim. Telefon numaramı nasıl aldınız? Kardeşin tarafından mı verildi? Ama ne zaman, kısa bir süre önce bizim yerimizden ayrıldı."

"Evet, biliyorum. Az önce bana söyledi ve telefon numaranı verdi. Benden seninle konuşmamı istedi."

"Başka bir şey söyledi mi?"

"Onun söylemesi gereken bir şey mi bekliyorsun?"

"Hayır. Sadece soruyorum. Bu arada kardeşin seni çok övüyordu. Seni çok seviyor."

"Kardeşimin bir adı var. Onu ismiyle özgürce çağırabilirsiniz. Resmi olarak o Shantilal ve aile üyelerim ona farklı bir isimle hitap ediyor."

"Öyle mi? Nedir o? Bunu merak ediyorum. Lütfen söyle bana. Kimseye açıklamayacağım."

"Söz mü?"

"Evet, söz veriyorum."

Bu "Chimpu" dur.

"Ne? Chimpu, gerçekten mi? Ne kadar tatlı! Chimpu"! Gülmeye başladı.

"Ama sen bana kimseye söylemeyeceğime söz verdin. Kardeşime bile."

"Tamam, sözümü tutacağım. Ama bana kendin hakkında bir şey söyle."

"Ben hakkında mı yoksa kardeşim hakkında mı?"

"Dürüst olmak gerekirse, senin hakkında. Burada Cumhurbaşkanımız tarafından onurlandırıldınız. Başarınızdan çok etkilendik. Hepinizi görmek için çok sabırsızlanıyorum. Ailem de öyle. Duyduğumuza göre uçak mühendisi olacakmışsın. Siz zaten bir Drone uzmanısınız."

"Demek benim hakkımda her şeyi biliyorsun. Bu, kardeşimin benim hakkımda uzun bir açıklama yaptığı anlamına geliyor. Ama şu ana kadar onu tanıyorum, herkesle pek konuşmuyor. Çok sınırlı kişilerle konuşuyor. Her zaman kendine ait bir yakın çevresi vardır. Görünüşe göre sen de onlardan biri oldun. Nasıl bu kadar hızlı olduğunu tahmin edebiliyorum." Dedi Chhutki.

"Kardeşin hakkında daha fazla bilgi verebilir misin lütfen? Ailem onun hakkında bilgi edinmek için can atıyor. Hayatında bir kız arkadaşı var mı? Cevabınız evet ise, o zaman onun hakkında ne kadar ciddi? O hangi yere ait? Onun hakkında her şeyi bilmek istiyoruz. Bu benim hayatımın sorusu mu?" Anjana bilmeden hayatının Shantilal'e bağlı olduğu gerçeğini söyledi.

"Yakalandınız hanımefendi. Hayatın zaten kardeşime mi bağlı? Tamam. Şimdi kardeşimin tüm dramını anlıyorum. Senin hakkında dolaylı bir şeyler söylemeye çalışıyordu. Ama o kadar utangaç ki, doğru düzgün söyleyemedi. Az önce telefon numaranızı verdi ve hemen sizinle iletişime geçmemi istedi. Aslında iki dakika içinde sizinle iletişime geçip geçmediğimi kontrol etmek için beni tekrar aradı. Onu ilk defa huzursuz gördüm. Sorunuza cevap vereyim. Cevap şu ki, IIT'nin birçok kızı olmasına rağmen bir kız arkadaşı yok, Mumbai onunla arkadaş olmak istedi ama dahil olmakla hiç ilgilenmedi. Kurumundaki gençlerin idolüydü. Bu yüzden hanımefendi, hiç endişelenmenize gerek yok. Bu benim sözümdür. Aksine, kardeşimi etkileyen o bayanı görmek beni huzursuz ediyor. Sizi temin ederim ki her şey yoluna girecek. Evimdeki hiç kimsenin bu konuda en ufak bir fikri yok. Bu sadece ben ve kardeşim arasında. Ailem oğulları konusunda kör. Oğulları her zaman haklıdır. Bilmeniz gereken haberler var. Ailem kardeşim için bir gelin arıyor. Artık o arenaya girdiğinize göre, yetenek arama programlarını ABD'ye kabulüm yapılana kadar ertelemeleri için bir şeyi yönetmem gerekiyor. Oraya vardığımızda, ailemi etkileme sırası size gelecek. Onlar çok basit insanlar. Sadece oğullarının mutlu olmasını istiyorlar. Bu kadar. Hey, sınavım devam ediyor. Şimdi çalışma odama gitmem gerekiyor. Seninle daha sonra konuşacağım. Tamam mı? Bu arada, benim aracılığımla kardeşime herhangi bir masaj göndermek ister misiniz?

Anjana gülümsedi ve "Evet. Ailemizin hepinizi ciddi tartışmalar için burada bekleyeceğini ona bildirebilir misiniz?"

"Tamam, bunu yapacağım. Gitmem lazım. Yarın muayenemden sonra sizi arayacağım. Hoşçakalın." Chhutki telefonu astı ve bir tur attı. Şaşırtıcı bir şekilde, annesinin kapıda durduğunu gördü. Her şeyi duydu mu?

Banno, Chhutki ile yüzleşti

"İyi misin? Neden gülümsüyorsun ve kendin dönüyorsun? Bir şey mi saklıyorsun Chhutki? Hayatında hiç erkek var mı? Aman Tanrım! Sınavın ortasında ne yapıyorsun? Hayalinizi ve kariyerinizi mahvedecek misiniz? Kimdir? Bana hiç söylemedin mi? Bana her şeyi, neler olduğunu anlat." Banno ona bir dizi soruyla bağırdı.

Chhutki hala gülüyordu ve annesini korudu. Annesini yakaladı ve yatağa oturmasını istedi. Ayaklarının yanında yere oturdu. Ayaklarına dokundu ve "Hayatımda hiçbir zaman yalan söylemedim ya da senden bir şey saklamadım ve gelecekte de bunu yapmayacağıma söz veriyorum. Kiminle konuştuğumu bilmek ister misin? Tamam. Kardeşime bağırmayacağına söz verirsen sana söyleyeceğim."

"Kardeşim? Chimpu'mu mu kastediyorsun? Aman Tanrım! Beni başka şok edici haberlerle şaşırtacak mısın? Ama şimdi Chimpu ile konuşmuyordun. Kardeşinle konuştuğunu anlıyorum. O zaman kiminle konuşuyordun? Kardeşin buna nasıl uyuyor?" Banno kızına sordu.

"ABD'de bir kızla konuşuyordum. Adı Anjana, ABD'de doğup büyüdü. O, sevgi dolu oğlunuz Shantilal ile birlikte çalışan bir bilgisayar dehasının küçük kız kardeşidir. Bekle, hikayeyi tamamlamana izin vermek için yeterli ipucu verdim. Şimdi bana neden şüphelendiğini söyle?" Chhutki gülümseyerek sordu.

Banno, kızının yatakta yanına oturmasına yardım etti ve "Seninle Chimpu arasında ne piştiğini tahmin etmeme izin ver. Silikon Vadisi'nde, Chimpu'nun meslektaşının ABD'de büyüyen Anjana adında bir kız kardeşi var. Onun telefon numarasına sahipsiniz ve onunla konuştunuz. Bu, Chimpu'nun size Anjana'nın iletişim bilgilerini verdiği anlamına gelir. Başka bir deyişle, Chimpu sadece Anjana'yı tanımakla kalmıyor, aynı zamanda onun iletişim numarasına da sahip. Aman Tanrım! Ganj nehri köprüsünün altından çok sular akmıştı ve ben hiçbir şey bilmiyorum. Chimpu'nun o kadar içine kapanık olduğunu ve onun için bir kız aramam gerektiğini düşündüm. Ama yanıldığımı kanıtladı. Ne kadar tatlı. Oğlum ABD'de bir kızdan hoşlandı ve o da Hint kökenli. Çok mutluyum. Bugün sadece ben Chimpu ve Anjana ile konuşacağım. Bana telefon numarasını ver." Banno huzursuzdu.

"Hayır anne. Sana söylediğimi onlara bildirmeyeceğime söz verdim. Kardeşime ihanet etmek istemiyorum. İki hafta sonra muayenemden sonra ABD'ye ulaşana kadar sabırlı olmalısınız. Bunu kimseye açıklama, babaya bile." Chhutki annesini annesini tutması konusunda uyardı.

Banno, Anjana'nın ailesini anlatırken Chhutki'den bir kelime duydu. Anjana'nın erkek kardeşinin bilgisayar dehası olması gerekiyordu. Bunu nasıl biliyor mu? Chimpu ona çocuktan bahsetti mi? Erkek ve kız kardeş arasında neler oluyor? Daha uyanık olmalı. Bu yaşta atılacak yanlış bir adım hayatı mahveder. Kızını alnından öptü ve bir sürü soru işaretiyle odadan çıktı.

Chhutki'nin değişen hayatı

Chhutki sınavını yazmayı bitirdi. Aerodinamik projeksiyonlar üzerine yaptığı final projesi tezine dayanan önceki sınavlar gibi çok yüksek not alacağından emindi. Kardeşi ile sürekli temas halindeydi ama Anjana ile değil. Kardeşi, herhangi bir nedenle aklını başka yöne çevirmemesi talimatıydı. Onun talimatına uydu. Artık her şey bittiğine göre, Anjana ile konuşmakta özgürdü. Annesine gitti, odasına gelmesini istedi. Banno geldiğinde, kapıyı kapatmasını ve yanına gelmesini istedi. Anjana'nın numarasını çevirdi. Anjana belki de bu çağrıyı sabırsızlıkla bekliyordu.

"Merhaba Chinmoyee, nasılsın? Aramanı bekliyordum. Öncelikle muayeneniz hakkında bana bilgi verin. Eminim, sorunsuz geçti. Ailen ve baban nasıl? Kardeşinize, ailemizin hepinizi burada karşılamak için bekleyeceğini söylediniz mi? Lütfen Dadi'yi ailenle birlikte getir. Hepinizi görmek için sabırsızlanıyorum. Şimdi söyle bana, hepiniz nasılsınız ve buraya ne zaman geliyorsunuz?" Diye sordu Anjana.

"Merhaba Anjana, bir şey söylemeden önce, telefonumuzun hoparlörde olduğunu ve başka birinin de konuşmamızı dinlediğini bilmeni sağla. Kim olduğunu tahmin edebilir misin?" Chinmoyee, Anjana'yı karşı sorguladı.

"Anne? Yani anneni mi kastediyorum? Sanırım yanılmıyorum." Anjana yanıtladı.

"Evet. Haklısın. Geçen gün konuşurken, bir çocukla konuştuğumu yanlış anladı. Ona gerçeği söylemek zorunda kaldım. Ama emin olun ki bu annemle benim aramdaydı. İşte burada. Ona hayır dualarını vermek istiyor. Onunla konuş." Chhutki cep telefonunu Banno'ya verdi.

"Merhaba, Shantilal'ın annesi konuşuyor. Beni duyabiliyor musun Anjana?" Banno konuşmayı başlattı.

"Evet teyze. Lütfen içten pranamımı ve selamlarımı kabul edin. Lütfen ayaklarına dokunduğumu hisset teyze. Seninle konuştuğum için kendimi çok şanslı hissediyorum. Sen, amcan ve baban nasılsın? Lütfen, şahsen buluşana kadar konuşmamızı sadece birkaç gün daha sizinle gizli tutun. Beni yanlış anlamayacağına eminim teyze." Anjana biraz gergin görünüyordu.

"Anjana beta, lütfen sakin ol. Seni kalbimden kutsamama izin ver. Sana bir şey bildir. Shantilal beni peri arkadaşı olarak çağırıyor. Ben de senin peri arkadaşın olmak dileğiyle. Tanrı'ya inanıyorum. Eğer isterse sen benim üçüncü çocuğum olursun." Banno gözlerinde yaşlarla cevap verdi. Banno birdenbire kızına sarıldı ve odadan çıktı.

"Annem odadan çıktı. Gözyaşları içindeydi. Seninle konuşmaktan çok mutlu oldu. İlk 'Ma' kelimeniz onun içinde bir fırtına yarattı. O da benim kardeşim gibi senin peri arkadaşın olurdu. Çok şanslısın Anjana. Bu aileden tonlarca sevgi alacaksınız. Annemden ve özellikle kardeşimden; Kız kardeşi için her şeyi yapabilecek böyle bir erkek kardeşim olduğu için çok şanslıyım. Önümüzdeki hafta Kaliforniya'ya ulaşıyoruz. Yakında görüşürüz. Kardeşim dedi ki, henüz seni aramadı. O utangaç. Bu onun doğasıdır. Lütfen onu yanlış anlamayın. Selam! Neden onu bir değişiklik için aramıyorsun? Tepkisini bilmek istiyorum. Lütfen onu arayın ve bana bildirin." Chhutki ona öneride bulundu.

"Ben de aynı derecede utangacım. Sınırlarımızı biliyoruz. Ben de aramak istediğim halde onu arayamadım. Ama şimdi bu gece mesai saatlerinden sonra deneyeceğim. Lütfen telefon görüşmemi bekleyin. Hoşça kal o zaman."

"Hoşçakal, kendine iyi bak."

Shantilal, Anjana'dan bir telefon aldı. İsmi görür görmez şaşırdı ve mutlu oldu. Telefonu aldı ve "Merhaba Anjana, beni aradığın için teşekkür ederim. Seni aramakta tereddüt ettim. Beğenip beğenmeyeceğinizden emin değildim. Şimdi beni aradığınıza göre, tüm tereddütlerim yok oldu. Nasılsın? Kız kardeşim Chinmoyee'den bir telefon aldın mı? Ne dedi?"

"Merhaba. Evet. Kız kardeşin Chinmoyee ile konuştum. O sadece yetenekli değil, aynı zamanda son derece hoş bir kız. Evet, aramanızı bekliyordum. Ama her halükarda umursamadım. Sizi benzersiz bilgilerle şaşırtmama izin verin. Bugün annenle konuştum."

"Ne"! Shantilal haykırdı.

"Sakin ol. Ayrıntılı olarak anlatayım. Geçen gün benim ve Chinmoyee'nin konuştuğunu duydu. Başlangıçta Chinmoyee'nin bir çocukla konuştuğunu düşündü. İşte o zaman ona gerçeği söylemek zorunda kaldı. Bugün teyze benimle konuştu. O çok tatlı, biliyorsun. O da senin gibi benim peri arkadaşım olacağını söyledi. Beni kutsadı. İkimiz de birbirimizi görmek için can atıyoruz. Beni üçüncü çocuğu olarak kabul etmeye hazır. Çok mutluyum ve her şeyi size bildirmekten huzursuzdum."

Anjana, Shantilal'a annesiyle olan ani tanışmasını anlattı. Shantilal annesini düşünüyordu. Ondan ilk kez bir şey saklamıştı. Özür dilemek zorunda kaldı. Onu yanlış anlamamalı. Chhutki'ye annesinin ruh halini sormak zorunda kaldım. Buna göre onunla konuşacaktı. Telefonun diğer tarafında Anjana'nın hala orada olduğunu unutmuştu.

Anjana'nın sesini duydu, "Merhaba, orada mısınız Bay Shantilal? Merhaba, beni dinliyor musun?

Aklı başına geldi. Dedi ki, "Evet Anjana, buradayım ve dinliyorum. Senin hakkında doğrudan anneme söylememekle doğru mu yaptım emin değilim. Beni yanlış anlar mı? Bilmiyorum. Annemden özür dileyene kadar işime konsantre olamayacağım. Önce Chinmoyee ile konuşacağım, sonra annemle konuşacağım."

"Bence haklısın. Konuştuğunda ona selamlarımı ilet. Kendinizi suçlamayın. Her şey yoluna girecek. Gelecek hafta hepsi geliyor. Onlardan sizin babanızı da getirmelerini rica ettim. İki ailenin harika bir buluşması olacak. Hafta sonu birlikte bir yere gideceğiz. Tamam.

Geç oluyor; Teyzeyle konuşuyorsun ve varsa tüm yanlış anlaşılmaları gideriyorsun. Hoşçakal, iyi geceler ve kendine iyi bak." Anjana telefonunun bağlantısını kesti.

Büyük bir cesaretle Chhutki'yi aradı ve onu azarlamaya başladı. Sonra ona annelerinin ruh halini sordu. Chhutki, Anjana'nın ona her şeyi anlattığını öğrendiğinde, Anne'yi odasına çağırmaya hazır hale geldi ve ondan O'nunla konuşmasını istedi.

"Merhaba." Banno'ydu.

Karşı taraftan cevap yok.

"Merhaba Chimpu, orada olduğunu biliyorum. Neden annenden bu kadar korkuyorsun? Peri arkadaşına açıklayamayacağın yanlış bir şey yaptın mı?"

"Üzgünüm anne. Seni asla incitmek istemedim. Korkmuştum, bu yüzden önce Chhutki'ye söyledim. Sana da söylemeliydim. Gerçekten üzgünüm. Lütfen beni affedin." Shantilal neredeyse ağlamanın eşiğindeydi. Banno oğlunu kendisinden daha iyi tanıyordu.

"Chimpu, ne dediğimi dikkatlice dinle. İlk olarak, yanlış bir şey yapmadınız. Bu yüzden tövbe etmek ya da yanlış anlama söz konusu değildir. İkincisi, kabuğunuzdan çıkabildiğiniz için çok mutlu ve sizinle gurur duyuyorum. Üçüncüsü, Anjana iyi bir kız, ailemize layık olduğunu kanıtlayacaktı. Dördüncüsü ve çok önemlisi, evlilik mukadder bir olaydır, bunu göz ardı etmemek gerekir. Bunu kendi deneyimlerime dayanarak söylüyorum. Sana geçmiş hayatımdan ve babanın beni mahkum hayatımdan nasıl kurtardığından bahsettim.

Her birimizin hem güneşli hem de yağmurlu günlerde yanında olacak bir arkadaşa, bir hayat arkadaşına ihtiyacı vardır. Anjana hayat arkadaşınız olursa, eminim ikiniz de mutlu olursunuz. Bir kez daha söylüyorum, size ne kızgınım ne de sinirliyim."

"Sözlerin beni çok rahatlattı anne. Çok teşekkür ederim. Buraya gelmeniz için hepinizin tüm hazırlıklarını yaptım. Chhutki biletleri çoktan aldı, vize, sigorta ve diğer formaliteler zaten yapıldı. Ben ve Anjana'nın erkek kardeşi sizi almak için arabalarımızla havaalanına geleceğiz. Bu yüzden hiçbir şey için endişelenmeyin. Dadi ve Papa'nın bu uzun uçuş boyunca rahat etmelerini sağlayın. Chhutki'den hepinizle ilgilenmesini istedim."

"Merhaba Chimpu, telefonu kapatmadan önce, Anjana'nın kardeşi Venugopal hakkında biraz bilgi verebilir misin? Bu çocuk nasıl? Zaten nişanlı mı? Chhutki onun bir dahi olduğunu nereden biliyordu?" Banno oğluna sordu.

"Neden anne, neden arkadaşım Venugopal'ı soruyorsun? Evet, organizasyonumuzdaki en parlak bilgisayar bilimcilerinden biridir. Aman Tanrım! Chhutki ile ilgili aklınızda bir şey var mı? VAY! Bu harika bir anne olurdu. Venugopal gerçekten bir dahi. Önünde çok parlak bir gelecek var. Bütün büyük şirketler işe almak için onun peşinde. Şimdiye kadar hiç kız arkadaşı olmadığını biliyorum. Aksine, ailesi bana onun için bir kız aradıklarını söyledi. Anne, geniş kapsamlı sonuç odaklı düşüncen için seni selamlıyorum. Bu yüzden bu kadar başarılısınız. Aklıma gelmeliydi ama kendimi düşünmekle meşguldüm. Önce Chhutki'yi düşünmeliydim. Bir kez daha üzgünüm anne. Lütfen bu gaf için beni affedin."

"Boşver oğlum. Artık dileğimi bildiğine göre, bunu düşünebilirsin. Daha sonra tövbe etmemek için mümkün olduğunca çok bilgi toplamaya çalışın. Her şey yolunda giderse, o zaman bir evlilik yerine iki evlilik düşünebiliriz. Ama Chhutki'yi bu kadar erken evlenmeye ikna etmek muazzam bir görev olacak. Kesinlikle direnecek, ama seni dinliyor. Sadece sen ona evet dedirtebilirsin. Endişelerimi anlayabilirsin. Korkarım ki Chhutki, NASA müttefik enstitüsünde yüksek lisansını tamamladıktan sonra kendini havacılık araştırma ve geliştirmeye adar ve farklı türlerde insansız hava araçları geliştirmeye başlarsa, orada o kadar meşgul olacak ki, yakın gelecekte evliliği düşünmeyecek. İkinizi de iyi tanıyorum. İşe adanmışlık söz konusu olduğunda, sizin kopyanızın kopyasıdır. Bana bu konuda ciddi ciddi düşüneceğine dair söz ver oğlum."

"Evet anneciğim, sana söz veriyorum, bu konuda düşüneceğim ama onu efendilerinin önünde evlendirmene izin vermeyeceğim. Herhangi bir şeye katılmadan önce, ondan evlenmesini isteyeceğim ve sonra ne tür bir araştırma yapmak istiyorsa onu yapacağım. Bu senin için uygun mu? Pekala, her ikisi de kabul ederse ve Ustalarını beklerse ve sonra evlenirse, Venugopal ile nişanlanmasını da isteyebilirim. Venugopal benden bir yaş küçük, bu yüzden o da bekleyebilir. Ama her şey tanıştıklarında birbirlerinden hoşlanıp hoşlanmadıklarına bağlı." Chimpu düşüncelerinde ve sözlerinde her zaman nettir. Banno'nun bir toplantıya katılması gerektiğinden, Chimpu'dan yatmasını istedi.

ABD'de Etkinlikler

ABD'nin Kaliforniya havaalanına indiler. İki araba onları bekliyordu. Sürpriz bir şekilde, Shantilal ile birlikte hem Venugopal hem de Anjana onları almaya geldi. İkisi de Dadi, Kantilal ve Banno'nun ayaklarına dokunmak için eğildi. Hepsi hem erkek hem de kız kardeşi kutsadı. Sonra Shantilal aile üyelerini selamlamak ve hoş geldiniz demek için öne çıktı. Shantilal onları teker teker kucakladı, sonra hepsinin ayaklarına dokunmak için eğildi. Neredeyse bir buçuk yıl sonra birbirleriyle tanışıyorlardı. Banno, Venugopal ve kız kardeşi Anjana'yı gördü. Her ikisi de sırasıyla yakışıklı ve güzeldi. Kantilal hiçbir şey bilmiyordu. Baba torununu kutsadı ve alnından öptü. Anjana, Dadi'ye gitti ve ondan da alnını öpmesini istedi. Baba, "Keşke benim de senin gibi bir torunum olsaydı" demekten kendini alamadı. Anjana, Banno'ya baktı, sanki Dadi'nin bir şey bilip bilmediğini soruyordu. Ancak Banno, hiçbir şey bilmediğini işaret etti.

Birçok yüksek katlı çok katlı binadan oluşan devasa bir koloniye ulaştılar. Binaların tanımlanması A, B, C, D idi... ve benzeri. Shantilal'in dairesi 'H' binasında, 38.[katta] ve 6 numaralı daireydi, bu da adresin H3806 olduğu anlamına geliyor. Benzer şekilde, Venugopal'ın ailesi de B2904'te kalıyordu. Yüzme havuzu, koşu parkuru, çocuk parkı, toplum merkezleri, küçük tiyatro, Jim, Bowling salonu ve benzeri her türlü olanak vardı. Farklı spor ve oyun tesislerine sahip düzenli bir spor kompleksi vardı. Venugopal ve Anjana gitmek için izin istedi. Shantilal'ın dairesine girmediler. Daha sonra geleceklerine söz verdiler. Anjana birdenbire koşarak geri geldi, Banno'ya sarıldı, Banno'nun kulağına 'Teşekkür ederim' diye fısıldadı ve gitti. Banno dışında herkes şaşırdı.

Jet gecikmesini en aza indirmek için hepsi hızlı bir şekerleme yapmaya gitti. Neredeyse dört saat sonra, herkes ambalajlarını açmaya hazırdı. Banno ve Dadi akşam yemeğini hazırlamak için mutfağa gittiler ama Shantilal ilk gün hiçbir şey yapmamalarını istedi. Akşam saat sekizde gelen akşam yemeği için sipariş vermişti bile. Akşam yemeğinden sonra, beşi de yaklaşık bir saat bahçede dolaşmak için aşağı indi. Hepsi uzun mesafeli uçmaktan bıkmıştı. Mümkün olduğunca erken yatmak istediler.

Chhutki NASA'ya gidiyor

Ertesi gün, Chinmoyee, kabul edilmesinin planlandığı kurumdan bir telefon aldı. Formaliteleri tamamlamak için o gün hem NASA Genel Merkezi'ne hem de kuruma rapor verecekti. Chhutki'ye ailesinin eşlik etmesine karar verildi. Shantilal onları ofisine giderken bırakacak. Shantilal, ikinci yarıda görev yapacağını zaten bildirmişti. NASA'ya ulaştılar. Shantilal bu ofisi iyi tanıyordu. Kapı geçişini almak için mektubu gösterdiler. NASA görevlileri onları sıcak bir karşılama ile karşıladı. Formaliteleri tamamladılar. Hükümete iki yıl hizmet etme tahvilini imzaladılar, ayrıca Yüksek Lisansları tamamlayacağını ve yarıda bırakmayacağını ilan etmek için başka bir belge imzaladılar. Bu, toplamda dört yıl boyunca ABD savunma bakanlığında olmak için imza attığı anlamına geliyor. Banno memurla konuşmak istedi. Evlilikle ilgili kuralları sordu. Evliliğin katı ve hızlı bir kuralı olmadığını söylediler; Eğitimini tamamlaması ve en az iki yıl boyunca bölüme hizmet vermesi gerekiyordu. Chhutki dışında herkes çok mutluydu. Şu anda hangi saçmalıktan bahsediyorlar? Kardeşinin de tartışmalarına katıldığını görünce şaşırdı mı? Aman Tanrım! Düşman kampında yalnızdı. Anjana, planlarını rayından çıkarmasına yardım edebilecek mi? Onunla konuşmaya karar verdi. Banno çok zeki bir kadındı. Kızının planlarını tehlikeye atmak ve engellemek için elinden gelenin en iyisini yapacağını biliyordu. Chhutki'den önce Anjana'yı aradı.

"Merhaba teyze, sesini duyduğuma çok sevindim. Nasılsın teyze? Dün gece iyi uyudun mu? Chinmoyee'nin gitmesi gereken yerlere sen mi gittin?" Anjana aynı anda birçok soru sordu.

"Evet. Herşey yolunda. Sizi rahatsız ettiğim için özür dilerim. Ama acildi. Çok yakında Chinmoyee'den bir telefon alacağınızı biliyorum. Ama o seninle konuşmadan önce seninle konuşmak istedim. Sizden çok önemli bir şey bilmeme izin verin. Cevabınız hiçbir şekilde Shantilal ile olan evliliğinizi etkilemeyecektir. Yani herhangi bir çekince olmadan benimle özgürce konuşabilirsiniz. Size kişisel bir soru sormama izin verin. Chinmoyee'yi seviyor musun?

"Ah evet teyze, ondan çok hoşlanıyorum. Keşke o benim kız kardeşim olsaydı. Bu soruyu neden soruyorsun teyze? Bir şey mi oldu?" Anjana merak ediyordu.

"Chinmoyee'yi baldızınız yapmak mümkün mü dersem ne olur?" Banno dedi. "Duyduğuma göre ailen kardeşin Venugopal için iyi bir kız arıyormuş." Diye devam etti.

"Tanrım! Bu harika olacak. Chinmoyee'yi aile üyemiz olarak gördüğümüz için şanslı olurduk. O bir insanın mücevheri. Peki ya Chinmoyee'nin tercihi teyze? Kardeşimi ruh eşi olarak kabul edecek mi?" Anjana pek emin değildi.

"Bu yüzden seni aradım. Kardeşinle olan evliliğiyle ilgili bir şeyler olduğunu zaten tahmin ediyordu.

Taşınmamızı ertelemek için kesinlikle yardımınızı isteyecektir." Banno ona dedi.

"Neden teyze, kardeşimi sevmediğini mi söyledi? Eğer böyleyse, o zaman devam etmemeliyiz." Anjana mantıksal olarak haklıydı.

"Hayır, durum böyle değil. Evliliği düşünmeden önce en az dört ila beş yıl sürmek istiyor. Ama onun kararını sadece sen tersine çevirebilirsin. Belki de hayatındaki tek kurtarıcının sen olduğunu düşünüyor. Bu nedenle, sizinle konuşursa ve konuştuğunda, sizin de planımızın bir parçası olduğunuzdan en ufak bir şüphe duymadan nasıl idare edeceğinizi bilirsiniz. Şimdi tamamen sana bağlıyım Anjana. Kendine iyi bak, güle güle." Telefonun bağlantısını kesti.

Anjana tam o sırada ne olduğunu anlayamadan telefon çaldı. Chinmoyee diğer taraftaydı. Tanrı'ya dua etti ve telefonu açtı. "Merhaba Chinmoyee, yüz yıl yaşayacaksın; az önce seni düşünüyordum ve seni aramak istedim. Ama yakın akrabalarımızdan biriyle konuşmak zorunda kaldım, bu yüzden seni arayamadım. Söyleyin bana, NASA'ya ve kurumunuza ziyaretiniz nasıldı?

"Anjana, hiçbir zaman seni en iyi arkadaşım olarak bulmadım. Seninle özgürce konuşabileceğimi hissediyorum. Senden bir iyilik isteme özgürlüğüne sahip olabilir miyim lütfen?" Chinmoyee neredeyse gözyaşlarının eşiğindeydi.

Anjana'nın ikilemi

Anjana kendini suçlu hissediyordu. Böyle güzel ve yetenekli bir kızı kandırıyordu. Chinmoyee için üzülüyordu. Ancak bir şey göz ardı edilemezdi. Kardeşi bir insanın mücevheriydi. O sadece yakışıklı değil, çok yetenekli ve kesinlikle inanılmaz bir gelecekle hayatı güvence altına almıştı ve tam bir beyefendiydi. O çok şeffaf ve dostane. Öte yandan, Chinmoyee eşit derecede yetenekli ve çok hoş bir kız. Şahsen Banno teyzesini dinlemesi gerektiğini ve aynı zamanda yeni arkadaşı Chinmoyee'ye ihanet etmemesi gerektiğini hissetti. Sorunu çözülmüştü. Şimdiye kadar kendi geleceğini düşünüyordu, bundan sonra kardeşini de düşünmek zorundaydı. Çabucak bilincini geri kazandı ve Chinmoyee ile konuşmasına devam etti.

"Sen benim gerçek arkadaşımsın. Sadece benden ne tür bir iyilik istediğini söyle. Elimden gelenin en iyisini yapacağım."

"Ailemin bana karşı hazırladığı komplonun başarısız olduğundan emin olmalısın." Chinmoyee çok stresli görünüyordu.

Anjana gülümsedi, ama telefonda gerçek endişesini gösterdi. "Ne? Size karşı kim komplo kuruyor ve neden? Ne istiyorlar? Biraz daha detaylandırabilir misin lütfen Chinmoyee, endişeliyim."

Beni darağacına koymaya çalışıyorlar" dedi. Chinmoyee öfkeliydi.

"Ne? Bununla ne demek istiyorsun?" Anjana masummuş gibi davranarak sordu.

"Mümkünse beni seninle evlenmeye zorlayacaklar." Chinmoyee endişesini açıkladı.

"Vay canına! Mükemmel. Mutlu olmalısın. Oğlan kim? Onu tanıyor musun?" Anjana bir dizi soru sordu.

"Kapa çeneni lütfen. Biliyorsunuz ki önümüzdeki iki yıl yüksek lisansımı tamamlamak için yoğun olacaktım. Sonra önümüzdeki iki yıl NASA'ya hizmet etmem gerekiyor. Bundan sonra taşıyıcım rotasını alacak. Şimdi söyle bana evliliğim nereye uyuyor? Bu kesinlikle imkansız ve bunu biliyorsun. Senden başka bana yardım edebilecek kimsem yok. Anjana, kötü niyetli planda başarılı olmamaları için lütfen bana yardım et. Chinmoyee, Anjana'ya dua etti.

"Tamam. Kesinlikle sana yardım edeceğim. Ama ondan önce soruma cevap vermelisin. Evliliğinizi ayarlamaya çalıştıkları o çocuğu tanıyor musunuz? Anjana, Chinmoyee'ye zor bir soru sordu.

Bu soruya cevap vermek zordu. Chinmoyee, Venugopal'ı gördü ve onun hakkında bilgi sahibi oldu. Herhangi bir kız, hayat arkadaşı olarak ona sahip olduğu için kendini şanslı hissedecektir. Venugopal'dan daha çok Anjana'nın erkek kardeşiydi. Anjana onun gelecekteki baldızıydı. Chinmoyee, önerilen planı iptal etmesi için Anjana'ya hangi gerekçeyi sunmalıdır? Chinmoyee ne cevap vereceğine karar veremedi;

Çocuğun kardeşi Venugopal olduğu gerçeğini mi söylemeli, yoksa bir oyun mu oynasın ve kardeşi hakkında hiçbir şey söylemesin. Güvenli oynamaya karar verdi ve dedi. "Hayır, çocuktan pek emin değilim. Ama görünüşe göre aile üyelerim onu iyi tanıyor, aksi takdirde neden bu kadar önem verirlerdi." Doğru cevap vermekten kaçındı.

Anjana, Chimoyee'nin içinde bulunduğu kötü durumu biliyordu. Ancak herhangi bir karar almadan önce kardeşi hakkında bilgi sahibi olmalıydı; Shantilal'ın kız kardeşi Chinmoyee ile evlenmek isteyip istemediği. Hem Chinmoyee hem de kardeşi Venugopal teklifi kabul etmeli, aksi takdirde kimse devam etmemeli. Anjana bu noktada zaman kazanmaya karar verdi.

Chinmoyee'ye, "Tamam. Sana nasıl yardımcı olabileceğimi düşünmeme izin ver. Merak etme. Kabul edene kadar kimse sana evlenmen için baskı yapmayacak, bu benim sözüm."

Chinmoyee, yeni arkadaşından güvence aldığı için mutluydu. Anjana'ya teşekkür etti. Diğer aile üyelerinin dilediklerini planlamasına izin verin. Anjana onunla olduğu sürece hiçbir şey olmayacaktı. Bir an için rahatladı ve hiçbir şey olmamış gibi diğer üyeleri görmezden geldi. Banno çok zekiydi. Anjana'dan tüm bilgileri topladı. Bundan sonra temkinli bir şekilde plan yapacaklardı.

Mükemmel arsa taranmış

Anjana ve Banno arasında, üç gün sonra Kantilal'ın Anjana'nın evine gitmesi ve Kattampalli ailesinin tüm üyelerini evlerinde akşam yemeğine davet etmesi kararlaştırıldı. O zamana kadar Anjana, Venugopal ve Chinmoyee arasındaki ittifak olasılığını keşfetmeye çalışacaktır. O zamana kadar kimse Chinmoyee'ye bir şey söylememeliydi. Chinmoyee'ye hiçbir şey olmamış gibi normal davranırlardı. Bunun dışında, Shantilal sadece dört genç için bir piknik düzenlerdi. Anjana'nın Shantilal'ı daha iyi tanıması için ayarlanacak; ittifaklarının yaşlılar tarafından müzakere edilmesinden önce. Kantilal ve Banno'nun yaşlılar için farklı bir planı olduğunu bilmiyorlardı. Onlar da herhangi bir genç olmadan bir öğle yemeği toplantısı yapıyorlar. Shantilal ve Anjana, pazar olduğu için ertesi gün bir gezi ayarladılar. Shantilal, Chhutki'den geziye katılmasını istedi. Anjana, erkek kardeşinin de katılmasını istedi. Ertesi gün sabah, Shantilal ve Chhutki, Anjana ve Venugopal'ı arabalarına bindirdiler ve piknik yeri olarak bilinen dağlık bir ormanlık alana doğru yola çıktılar. Birçok turist oraya gelir ve gün boyunca eğlenir. Chinmoyee, yolculukları sırasında hiçbir sorunla karşılaşmadı çünkü Venugopal, araba kullanan Shantilal'ın yanında oturuyordu ve Anjana ve Chinmoyee arkada oturuyordu.

Planlandığı gibi, Anjana ve Shantilal birlikte bir gezintiye çıkacaklar ve diğer ikisini konuşmak için orada bırakarak kısa bir mesafeye gideceklerdi. Kahvaltıdan sonra Shantilal, Anjana'dan kısa bir yürüyüş için kendisiyle gelmesini istedi. Chinmoyee buna hazır değildi. Anjana tereddütle Shantilal'a eşlik ettiğinde, Chinmoyee'nin curtsey talebi olarak Venugopal ile konuşmaktan başka seçeneği yoktu.

İlk başlayan oydu. "Merhaba, geçen gün bizi havaalanında karşılamaya geldiğinizde sizi gördüm. Jestiniz için çok teşekkür ederim. Senin için bir fincan çay hazırlayayım mı?"

"Shantilal benim yakın arkadaşım. Aynı zamanda uzman bir programlama geliştiricisidir. Hepimiz ona yeteneği ve becerisi için saygı duyuyoruz. Sorunu analiz etmek için çok keskindir. Çoğu zaman ondan yardım alırız. Yardımsever bir doğası vardır. Bu yüzden Shantilal'ın aile üyelerini, sizin de dahil olduğunuz kişileri almak için havaalanına gittim." Venugopal gerekçesini verdi.

"Kız kardeşiniz Anjana çok iyi ve yetenekli bir kız, erkek kardeşim ve Anjana'nın birbirinden hoşlandığını bilmekten çok mutluyuz. Ailemiz, özellikle de annem her zaman mutlu olmasına özen gösterirdi. Hepimiz iki ailenin birleşmesini heyecanla bekliyoruz" dedi. Chinmoyee dedi.

"Güvenceniz için çok teşekkür ederim. Kız kardeşimi ve ailemi de seviyorum. Kız kardeşim burada ABD'de doğup büyümüş olsa da, Hint geleneksel kültürünün sadık bir inananı. Şimdi lütfen kendinizden bir şeyler söyleyin. Peki, tahmin edeyim. Adınız Bayan Chinmoyee. Duyduğuma göre, siz zaten ABD Başkanı'ndan bir madalyon almışsınız ki bu en yüksek mertebeden bir başarıdır. Ulusal Yetenek arama bursiyeri ve tam parlak bir burs sahibisiniz ve aerodinamik mühendisliği alanında Yüksek Lisansınızı sürdürüyorsunuz ve uzman bir drone geliştiricisisiniz. Ve son olarak, en az iki yıl boyunca NASA ile ilişkili olacaksınız. Haklı mıyım yoksa önemli bir şey bıraktım mı? Takma adını ben de biliyorum ama bunu açıklamayacağım." Venugopal, Chinmoyee hakkında güzel bir anlatım yaptı.

Chinmoyee, Venugopal'ın onun hakkındaki bilgisi karşısında hem şok oldu hem de etkilendi. Kardeşi Shantilal, takma adı da dahil olmak üzere onunla ilgili her şeyi anlattı. Onun için çok kötüydü. Ondan iyi bir azarlamaya ihtiyacı var. Ama hayatında ilk kez genç bir adamın kendisi hakkında iyi bir şey söylediğini duymaktan mutlu oldu. Birdenbire Venugopal'ın çok yakışıklı biri olduğunu fark etti. Onunla göz göze gelmesi zorlaştı. Ona baktığını hissetti.

Venugopal sessizliği bozdu. "Ne oldu? Çok sakinleştin. Yaptığınız drone hakkında size bir şey sorabilir miyim? Bana takip ettiğiniz teknik detayları anlatabilir misiniz? Ulusların topraklarını korumalarına yardımcı olabilecek daha hafif, daha güçlü ve daha güvenli modeller geliştirmenize yardımcı olabilir miyim?"

İşte o zaman Chinmoyee her şeyi unuttu ve drone'un temel kavramlarının dinamizmi hakkında tartışmaya başladı. Her ikisi de tartışmalarına o kadar dalmışlardı ki, hem Shantilal'in hem de Anjana'nın çoktan geri döndüklerini ve bilimsel tartışmalarını dinlediklerini fark etmediler.

Bir süre sonra Venugopal onları gördü ve "Ah, geri döndünüz. Chinmoyee'nin yeni nesil insansız hava aracını yapmak için tasarımı yükseltmeye yönelik gelecek planları hakkında güzel bir tartışma yaptık."

Chinmoyee'yi çok mutlu buldular. Öğle yemeğinden sonra Anjana, Chinmoyee'den yürüyüşe çıkması için kendisine eşlik etmesini istedi. Anjana, Chinmoyee'nin zihnini keşfetmek istedi. Venugopal ile konuştuktan sonra evlilik konusundaki tutumunda herhangi bir değişiklik oldu mu?

"Anjana'ya ne soracağını biliyorum." Chinmoyee, Anjana'ya dedi.

"Tamam. Ben de soruyu bildiğinizi biliyorum. Vakit kaybetmeden, lütfen söyleyin bana, hala evlilik kurumunun gerçekten kötü olduğunu düşünüyor musunuz?" Anjana doğrudan Chinmoyee'ye sordu.

"Anjana'yı tanımıyorum. Kardeşinle konuştuktan sonra, becerilerini geliştirmene, beklentilerini beslemene yardımcı olacak iyi anlayışlı bir partnerin varsa, o zaman belki de kötü olmadığını hissediyorum. Ama herhangi bir şekilde olmazsa, o zaman her zamankinden daha kötüdür."

Chinmoyee pozisyonunu savunmak için elinden geleni yaptı.

"Kardeşim gibi bir kişinin, hayallerinizi ve beklentilerinizi gerçekleştirmenize yardımcı olacak bu pozisyonu doldurabileceğini mi kastettiniz?" Anjana devam etti.

"Kardeşin gibi bir insanı elde etmek çok zor. Hiçbir zaman ne tür bir tartışma yapmak istediğimi anlamadı. Belki de ikimiz de aynı bilimsel dalga boyuna sahibiz. Bilmiyorum ama, şimdi sadece evliliğe karşı olmadığımı söyleyebilirim, şartlar uygulandı." Chinmoyee açıkladı.

Aniden, Anjana Chinmoyee'yi sıkıca kucakladı ve "Bir dakika; Senin için bir sürpriz var." Bir numara çevirdi. Çevirirken numarayı söylüyordu. Chinmoyee, Anjana'nın annesini aradığını hemen anlayabildi. Annesi telefonu açar açmaz Anjana neredeyse bağırıyordu, "Teyze, görev tamamlandı; Chinmoyee'nin evlilik fobisi yok. Gerisini bana bırak, ben idare edeceğim." Telefonun bağlantısını kesti ve Chinmoyee'ye baktı. Banno başını kaldırdı, Yüce'ye teşekkür etti ve Anjana'ya teşekkür etti.

Aman Tanrım! Anjana da daha büyük komplonun bir parçasıydı, diye düşündü Chinmoyee.

"Sen de mi Brutus?" Chinmoyee, Anjana'ya sordu. Sonra ikisi de gülmeye başladı.

Anjana ona her şeyi anlattı. Chinmoyee onu aramaya çalışırken annesiyle konuşuyordu. Chinmoyee ve Venugopal'ın baş başa konuşabilmeleri, pikniğe gidebilmeleri ve Shantilal'ın öğle yemeğinden sonra Anjana ile gidebilmeleri için bir fırsat yaratma planları da planın bir parçasıydı. Chinmoyee, kızının hayatta mutlu olması için annesinin bile bu kadar ileri gidebileceğine inanamıyordu. Kime daha çok teşekkür edeceğinden emin değildi.

Görev tamamlandı

Aniden Chinmoyee, Venugopal için çay hazırlamayı unuttuğunu hatırladı. Onu dinlemeye o kadar dalmıştı ki her şeyi unuttu. Anjana'ya birazdan geleceğini söyledi; Venugopal'a koştu ve 'Üzgünüm' dedi. Aceleyle onun için çay hazırladı ve ona verdi. Venugopal 'Güzel çay' dedi. Yarım saat içinde, Tanrı bilir neden, Chinmoyee kendini farklı bir düzlemde buldu. Venugopal için çay hazırlamaktan keyif alıyordu. Onunla konuşmaktan zevk alıyordu. Düşünmeye başladı, 'Belki de evlilik kavramı daha önce düşündüğü kadar kötü değildi. Bir süre önce, sözde düşmanları olması gerekenler zihninde iyi dileklerde bulundular. Annesine ve Anjana'ya minnettarlığını iletmek istedi. Bu insanlar bir ekip olarak birlikte ne kadar güzel bir plan yaptılar. Venugopal bu planın bir parçası mıydı? Belki de bu doğru değildir. Anjana'ya gitmesi gerekiyordu ama aynı zamanda Venugopal ile konuşmak için geride kalmak istiyordu.

Cesaretini topladı ve ona sordu, "Bir şeye ihtiyacın var mı? Anjana'ya gitmem gerekiyor çünkü o oradaki çimlerde bekliyor." Eliyle o yönü işaret etti.

Anjana'ya geri döndü ve ona itiraf etti, "Şimdi eğer partner haklıysa evliliğe karşı değilim. Ve daha aptalca bir soru sormadan önce, belki de kardeşin benim için doğru bir kişidir. Ama onun beğenilerini bilmiyorum, bu yüzden ilişkiden emin değilim. Ama onun duygularını bilmek istiyorum. Annemin işini yaptığın gibi, şimdi de benimkini yapıyorsun. Mümkün olan en kısa sürede ona beklentilerini soruyorsunuz."

Dönüş yolculukları sırasında Anjana, Shantilal ön koltukta, Chinmoyee ve Venugopal ise arkada oturdu. Venugopal, Chinmoyee'den yanına oturmasını istedi. Sonra fısıldadı:

"Kız kardeşimden benden bir şey öğrenmek istediğine dair bir telefon aldım. Ne bilmek istiyorsun?"

Anjana'yı düşündü, ne kadar tehlikeli bir kız! Tanrım!, Sorumluluğunu doğrudan bana geri vermişti. Bu soruyu sormak zorundayım. Anjana ön koltukta oturuyordu, ona arkadan sıkıca bir çimdik attı.

"Eyvah"! Anjana ağladı. Bunu kimin yaptığını biliyordu.

"Ne oldu?" Shantilal, Anjana'ya sordu.

"Ciddi bir şey yok, lütfen sürüşe konsantre olun." Anjana ona cevap vermekten kaçındı.

Arka koltukta oturan Venugopal kısık bir sesle fısıldadı, "Biliyorum, ne bilmek istiyorsun. Seni garip bir duruma sokmayacağım. İşte tüm sorularınıza cevabım: Chinmoyee'nin iki elini tuttu ve dedi ki, Bu elleri sonsuza kadar tutmak istiyorum ve bunu yapmama izin verir misin?

Anjana önündeki aynada onları takip ediyordu. Mutluydu; hemen Banno'ya bir kısa mesaj gönderdi, "Çiftler hazır. Şimdi hızlı hareket edin."

Banno, metni gözden geçirdikten sonra Kantilal ve Bimladadi'ye gösterdi. Anjana'nın bunu bir günde nasıl mümkün kıldığını anlayamadılar. Chhutki'yi çocukluğundan tanıyorlar. Kariyeri konusunda çok sahiplenicidir. Anjana'nın evlenmeyi kabul etmesi için onu nasıl düzelttiğini; ama soru şu: Venugopal, Chhutki ile evlenmeyi kabul etti mi? Herkes için bir bilmeceydi. Her neyse, Banno'nun Hindistan'daki ofis arkadaşlarıyla rutin video konferansına başlama zamanı gelmişti. Şu anda 'Evden çalışma' modundaydı. Anjana da dahil olmak üzere herkes önümüzdeki iki saat boyunca telefonunun 'Kapalı' kalacağını biliyordu.

Piknikten döndüler. Shantilal, Anjana ve Venugopal'ı evlerine bıraktı ve eve geldi. Çok mutluydu. Bütün gün Anjana ile birlikte olma fırsatı buldu. Kız kardeşi Chhutki için de mutluydu. Görünüşe göre evlilik hakkındaki düşünceleri değişmişti. Chhutki'yi gözlemledi. Sakindi ve her zamanki formunda değildi. Bir şey oldu. Evlerine girdiler. Hepsi onları görmekten mutlu oldu. Banno henüz odasından çıkmamıştı. Kantilal ve Bimladadi, planın sonucu hakkında bilgi sahibi olmak için sabırsızlanıyorlardı. Her ikisi de Chhutki'nin davranışında belirgin bir fark gözlemledi. Chutki pek konuşmuyordu. Her soruya 'Evet' ya da 'Hayır' diye cevap veriyordu. Banno odaya girdiği anda Chhutki ayağa kalktı ve "Çok yorgunum, biraz dinleneyim" dedi. Banno onun odadan çıktığını gözlemledi. Her zamanki benliğinde değildi. Anneler çocukları hakkında daha iyi bilgi sahibi olurlar. Odasına doğru gitmesine engel olmadı. Sakinleşmesine izin ver, sonra konuşurdu. Shantilal, Venugopal ve Chhutki'nin toplantısı da dahil olmak üzere onlara her şeyi anlattı. Ayrıca, evlilik kavramıyla ilgili düşüncelerindeki değişimden ve Chhutki'nin nihai hedef bu olmasa da evlenmenin o kadar da kötü olmadığını nasıl kabul ettiğinden bahsetti. Yaşamın amacı, insanlığa hizmet edecek bir şeyi başarmak olmalıdır.

İtiraf

Bir saat kadar sonra Banno, Chhutki'nin kapısını çaldı. Chhutki içeriden, "Kapı açık anne, içeri gel" dedi. Banno kapıyı açtı ve Chhutki'nin yatakta oturduğunu, çenesini dizlerinin üzerine koyduğunu, ellerinin bacaklarını tuttuğunu gördü. Genellikle kızlar endişeli olduklarında bu pozisyonu alırlar. Banno kızının yanına geldi ve Chhutki'yi ona doğru çekti. Chhutki'nin gözlerinde yaşlar gördü. Banno gözyaşlarını sildi ve yanına oturdu. Chhutki hala annesine değil ayaklarına bakıyordu. Banno yavaşça çenesini kaldırdı ve sordu, "Bana ne söylemek istersen açıkça söyle. Size söz veriyorum, asla iradenize karşı gelmeyeceğim. İstemiyorsan seni evlenmeye zorlamayacağım."

"Venugopal ile evlenmek istiyorum."

"Ne? Tekrar söyle."

"Venugopal ile evlenmek istiyorum ama biraz zamana ihtiyacım var."

Banno kendini kontrol edemedi, kızına sarıldı. Hem anne hem de kızı için harika bir andı. Banno, kendisi rıza göstermeden önce evlenmesini istemeyeceğine dair ona güvence verdi. Banno daha sonra ona Venugopal hakkında edindiği izlenimi ve onu fikrini değiştirmeye zorlayan şeyin ne olduğunu sordu. Chhutki, projesine ve birçok gelişmiş özelliğe sahip bir insansız hava aracı geliştirme konusundaki gelecek planına odaklanan konuşmalarının ayrıntılarını açtı ve verdi. Venugopal ona katılmak ve düşmanın radar sisteminden kaçınmak için daha yüksek irtifada uçurmak için ileri robotik teknoloji geliştirmeye destek vermekle ilgilendi.

Chhutki, "Anne, dört yıl HTE'de okudum. Çok yetenekli çocuklar gördüm. Ama orada entelektüel düşünce dalga boyu benimle eşleşen kimseyi bulamadım. Venugopal benimle konuşurken ilk kez onu yanında rahat hissedebileceğim biri olarak buldum. Bütün gün onunla birlikteydim. Merhametli olduğu kadar olgun bir insan gibi de davrandı. Onu şeffaf ve düz buldum. Planınızı anlayacak kadar zekiydi. İtirazım olmazsa, hayat arkadaşım olmaktan mutlu olacağını itiraf etti. Ayrıca aklıma ve kalbime dokunan bir şey söyledi. Aklımı dağıtmamam ve zaman kaybetmemem gerektiğini söyledi. Yüksek lisans programını bitirmeme izin verin, ancak o zaman benimle evlenmeyi kabul eder. Hepinizin benimle Venugopal arasında bir görüşme ayarlamaya karar vermenize sevindim. Anjana iyi bir kız ve suçlarının en iyi ortağı. Şaka, "Şu andan itibaren, siz ikiniz bana karşı komplo kurduğunuzda yeterince dikkatli olurdum" dedi.

Ertesi gün her iki genç bayan da hem Shantilal'in hem de Venugopal'ın ofisine götürüldü. İş yerlerini görmekten çok mutlu oldular. Tüm çalışma ve dinlenme olanaklarına sahiptiler. Birkaç çay / kahve makinesi kuruldu. Yoga ve iç mekan oyunları için bir salon vardı. Çalışanlar bu tesisleri kullanmaya teşvik edildi. Organizasyon, çalışanlarının her zaman taze kalmasını istedi, ancak o zaman işlerine konsantre olabilirlerdi.

Belirleyici eylem

İki gün sonra, her iki ailenin yaşlıları yemek masasında buluştu. Anjana ve Shantilal'ın yanı sıra Chinmoyee ve Venugopal'ın nişanının yakında hayırlı bir günde törenle yapılmasına karar verildi. Bir ay kadar sonra Shantilal ve Anjana evlenecekler. Neredeyse bir buçuk yıl sonra, Chinmoyee proje çalışmalarına başlayacağı zaman, o ve Venugopal evleneceklerdi. Dört çocuğa da önerilerini sordular. Mevcut olan herkes oybirliğiyle teklifi kabul etti. Kattampalli ailesi, rahiplerine bir e-posta göndererek hem nişan hem de evlilik için hayırlı günler aradı.

Chinmoyee kurumuna katıldı ve pansiyonuna taşındı. Program deneysel odaklı olduğu için herhangi bir zaman çerçevesi yoktu. Öğrenciler istedikleri zaman ve istedikleri zaman çalışmakta özgürdüler. Havacılık mühendisliği bölümü kampüsü çok büyüktü çünkü bilgisayar destekli küçük uçaklarını ve insansız hava araçlarını uçurmak için açık alana ihtiyaçları vardı. Chinmoyee olmak istediği bir yere indi. Bu onun çocukluk hayaliydi. Maddi bir sorun yok, zaman çerçevesi yok, isterse bütün gün ve gece çalışabilirdi. Hayalindeki projenin tasarımını yapmak için odasındaki masasında saatlerce oturabilirdi. Venugopal ve erkek kardeşi her zaman rehberlikleri için hazırdı. Kendini çok şanslı hissediyordu. Proje rehberi kıdemli bir havacılık mühendisiydi. Yetenek ve özverinin mükemmel bir birleşimiydi. Yine ölçülebilir bir şekilde başarısız oldular, ama bu icadın bir parçasıydı. Bunun olacağını biliyorlardı. Hepsi bunun için biraz üzüldü ama bu anlık oldu. Bir sonraki an, zorlukların üstesinden gelmek için yenilenmiş bir şevkle ayağa kalktılar ve daha zor bir projeye gittiler. Chinmoyee cesaretlendirici bir atmosferde çalışıyordu. Oradaki insanlar 'başarısızlık' kelimesini bilmiyorlardı. Buna 'aksilik' dediler.

İki çift çiftin, Chinmoyee, Venugopal, Shantilal ve Anjana'nın nişan törenine tanık olmak için kapalı kapılar ardında toplanan yaklaşık yüz elli kişi vardı. Bay Kattampalli, Kantilal'ın asistanı olarak görev yaptığı rahibin sorumluluğunu kendisi üstlendi. Hem yüzük töreni hem de çelenk değişimi gerçekleşti. İhtiyarlar çiftleri kutsadı ve öğle yemeğine katıldı. Kısa ve tatlı bir programdı. Hepsi mutluydu.

Şunun içinde: Hindistan

Gökyüzünün yükseklerinde, bir Air India uçuşunda Banno, oğlunun ve kızının nişan töreninin fotoğraflarına bakıyordu. Gözyaşları kesintisiz akıyordu.

Kantilal ellerini tuttu ve "Hiç merak etme. Böyle harika çocuklar verdiği için Yüce Allah'a şükredelim. Hayatımda olduğun için daha şanslıyım. Uçmalarına ve hayatlarını keşfetmelerine izin vermenin zamanı geldi. Şimdilik onlara annemiz bakacaktı. Ağlama ve uyumaya çalış. Bu uzun mesafeli bir yolculuk. Gelişinizi bekleyen yoğun programlarınız olmalı. Biliyorum, tüm birikmiş ödevler dinlenmenize izin vermez. Üstelik sen işkoliksin. İşimle meşgul olacağım. Ailen her zaman sana bakmak için oradaydı. Ben geldiğimde hafta sonuna kadar yalnız kalacaksın. Gerçekten endişeliyim."

Banno, Kantilal'in ellerini sıktı ve kendisine bakacağına dair ona güvence verdi. Bir kez daha Chimpu'nun ona doğru koşarak geldiği günü hatırladı ve şöyle dedi:

"Babamın dediği gibi peri arkadaşım olur musun?"

Ve sonra Chhutki mutluluklarını ikiye katladı. Ayrıca Bimladadi'nin aileyi yönetmesine nasıl yardım ettiğini de hatırladı. Ve Kantilal bu dünyadaki en iyi kocaydı. Tüm bu yıllar boyunca her zaman onun yanındaydı.

Yarım saat içinde Mumbai havaalanına inecekleri anonsunu duyarak uyandı. Kantilal'ın on beş dakika daha uyumasına izin verdi. Hem fiziksel hem de zihinsel olarak çok yorgun olmalı. Battaniyesini düzgün bir şekilde düzenledi. Emniyet kemerinin takılması için başka bir anons daha yapıldı. Kantilal'ın emniyet kemerini takmasına yardım etti. Kendine ait bir şey aldı ve eve geri dönmeye hazırdı. Sürpriz bir şekilde, Krishna'nın karısı ve kızıyla birlikte dışarıda onları beklediğini gördü. Omni'lerini getirmişti. Hepsi eve ulaştı. Krishna ve karısı bir gün Mumbai'de kaldılar. Ertesi gün Kantilal'la birlikte ayrıldılar. Ailesi kızlarına bakmak için çoktan gelmiş olmasına rağmen ilk kez kendini yalnız hissetti. Kantilal onları gördüğüne çok sevindi.

Banno'nun ofis personeli onu gördüğüne çok sevindi. Ona kendi görevlerinin raporunu vermek için sabırsızlıkla bekliyorlardı. Çocukların yaşadıklarını annelerine vermelerine benziyordu. Banno anneleri gibiydi. Personelini hem azarladı hem de sevdi. Ofis hayatı, hem genç personeli hem de kıdemlileri ile bir dizi toplantı ile başladı. Pek çok şey onun onayına ihtiyaç duyuyordu.

Kantilal, Krishna'nın işi iyi yönettiğini görmekten mutlu oldu. Yokluğunda sürekli iletişim halindeydiler. Kantilal, Tulsibhabhi'yi görmeye gitti. Çocuklarının başarılarının ve evliliklerinin sonuçlandırılmasının ayrıntılı açıklamalarını verdi. Tulsibhabhi bile Chhutki'nin evliliğe karşı tutumundaki değişikliği öğrenince şaşırdı. Nişanlarının resimlerini ve videolarını görmekten çok mutlu oldu. Kantilal, tüm aile üyelerinin ABD'deki düğünlerine katılacağına söz verdi.

Bir yıl içinde, Chinmoyee prototipiyle neredeyse hazırdı. Uçan makinesine birçok iyileştirme eklemek için bir yılı daha vardı. Kurumunda bir hafta ara vardı. Eve geldi. Shantilal ve Anjana arasındaki evliliğin sadece o hafta içinde yapılmasına karar verildi. Oraya vardığında, Krishna Mama'yı ve Mami'nin onu karşılamak için koşarak geldiğini görünce çok heyecanlandı. Sonra Tulsibhabhi'yi torunuyla birlikte gördü, anne tarafından büyükanne ve büyükbabası da onu bekliyordu ve son olarak Bimladadi ile birlikte ebeveynleri onu karşılamak için dışarı çıktı. Taksiden inip koşmaya başladı ve kendini doğduğundan beri seven ve ilgilenen bir grup insanın ortasında buldu.

Büyük bir evlilik kutlamasıydı. Bu sefer hem Shantilal hem de Venugopal'ın tüm meslektaşları davet edildi. Chinmoyee, tüm sınıf arkadaşlarını ve subay rehberlerini evlilik törenine katılmaya davet etmişti. Tüm tören Kaliforniya'da beş yıldızlı bir otelde düzenlendi. Shantilal'in önceki ofislerinden birçok memur törene katıldı. Chinmoyee, Anjana'yı Hintli bir gelin olarak giydirme sorumluluğunu üstlendi. Tasarımcının Anjana'nın evlilik elbisesi Mumbai'den Banno tarafından getirildi. Banno, Chhutki'deki denizin değiştiğini görünce gerçekten şaşırdı. Dünkü küçük kızı yakında bir havacılık mühendisi olacaktı. Dahası, herkesin seçtiği bir erkekle evlenmeye rıza göstermişti. Büyük bir gala kutlamasıydı. Orada bulunan herkes çifti kutsadı, yemeğe katıldı, diğer programlara katıldı ve otelden ayrıldı.

Anjana, Shantilal'ın evine geldi. O andan itibaren, bu onun kalıcı adresi olacaktı. Bir kez daha eğildi ve yaşlıların ayaklarına dokundu ve onlar tarafından kutsandı. Aile üyelerinin çoğu yakındaki bir otelde kalıyordu. Hepsi izin aldı ve yeni evli çiftten dinlenmelerini istediler.

Shantilal yatak odasına gitti. Anjana ve Chhutki konuşuyorlardı. "İşte size Pers Prensi Anjana hanımefendi geliyor. Lütfen onun mutlu olduğunu görün." Anjana'ya göz kırptı ve kapısı içeriden otomatik olarak kilitlenen odadan çıktı. Anjana yataktan kalkmak üzereydi ki, Shantilal yanına geldi ve şöyle dedi:

"Sorun değil. Olduğun gibi otur. Çenesini biraz kaldırdı ve "Çok güzelsin ama bugün çok güzel görünüyorsun" dedi.

Shantilal onun yanına oturdu. Ellerini tuttu ve şöyle dedi: "Sana daha önce de söyledim, annem benim biyolojik annem değil. Yüzünü bile hatırlamıyorum. O öldüğünde çok küçüktüm. Ama peri arkadaşım olduğu için boşluğu hiç hissetmedim. Beni bu dünyadaki her şeyden daha çok seviyor. Sizden tek bir ricam var, lütfen onun hiçbir nedenle mutsuz olmamasına dikkat edin. Bir insanın kalbinin ne kadar büyük olabileceğini size bir örnekle göstereceğim. Henüz on iki yaşındayken babam beni aradı ve gerçeği açıkladı. Annem olarak evimize geldiğinde, babam ona biyolojik annemin süs eşyalarıyla dolu bir mücevher kutusu verdi. Bu kutunun emanetçisi olarak kalması şartıyla kutuyu kabul etti ve oğlum evlendiğinde onu gelinime teslim edeceğim. Yakında sana vermek için kutuyla birlikte gelecek.

Kapı çalındı. Anjana ondan beklemesini istedi ve açmak için kapıya gitti. Oradaydı, elinde bir kutuyla Laxmi idolü gibi duruyordu. Anjana onun iki elini tuttu ve "Seni bekliyorduk anne. İçeri gel ve bizimle otur. İkimizin de en çok sana ihtiyacı var."

Banno tek kelime etmedi. Anjana'nın tek kelimelik 'Ma' kelimesi gözlerinin sel kapısını açmaya yetti. Anjana'ya mücevher kutusunu verdi ve "Bu hayatımın en değerli şeyi. Şimdiye kadar ben emanetçiydim. Bu andan itibaren sizindir. Yarın sabah kahvaltı masasına çıktığınızda tüm süslerinizi giyin ve gelin. Cennetten gelen tüm nimetleri alacaksınız. Senin Bimladadi'n de gelininin sözünü tuttuğunu görmekten en mutlu olan kişi olacak."

Anjana ona sıkıca sarıldı ve fısıldadı, "Ama ben senin gelinin değilim, senin gerçek kızın olmak istiyorum anne." Bir süre sonra gitti. Kapı tekrar kapandı. Anjana mücevher kutusunu dolapta sakladı. Shantilal'a doğru döndüğünde, bir hediye ile hazırdı. Rolex saatli bir elmas bileklikti. Bileklığı Anjana'nın sol eline koydu. Bir süre konuştular ve sonra Shantilal onu yanına çekti.

Ertesi gün sabah tüm konuklar kahvaltı için yemek masasının yanında toplandıklarında, Anjana vücudundaki tüm süsleri giymiş olarak ortaya çıktı. O, nezaketin özüydü. Bimladadi ona geldi ve şöyle dedi: "Bu süslemelerle çok güzel görünüyorsun. Son yirmi dört yıldır, kızım Banno onları güvende tutuyordu. Gerçek sahibini buldular. Chhutki, Anjana'nın yanına geldi ve şöyle dedi: "Biliyor musun ki ben bunları ilk kez görüyorum. Anneme şapka çıkarıyorum." Chinmoyee, Anjana'ya yenge demeye başlamıştı bile.

Bir hafta sonra, Bimladadi dışında herkes Hindistan'a gitti. Bimladadi bir kez daha geride kaldı. Chhutki'nin evliliğini görmek için geri gelemeyeceğine dair bir his vardı. Hepsi onun dileğine saygı duydu ve tamam dedi. Hem Anjana hem de Shantilal, Bimladadi'yi evlerinde görmekten mutluydu. Kısa süre sonra çift, Niagara Şelalesi'ni ziyaret etmek için doğu kıyısına doğru seyahat edecekti. Balayını orada kutlayacaklardı. Chinmoyee'nin eğitimine devam etmek için pansiyonuna gitmesi gerekiyordu. Venugopal, Bimladadi'ye bakma sorumluluğunu üstlendi. Sabah akşam evinden biri onu görmeye gelir ve hem Anjana'ya hem de Hindistan'daki kayınvalidesine rapor verirdi. Alternatif hafta sonları boyunca, Chinmoyee gelir ve onunla kalırdı. Chinmoyee bariz nedenlerden dolayı her hafta sonu gelmek istedi ama kurumu ona iki haftada bir izin verdi. Venugopal mutluydu. En az iki haftada bir ona eşlik edebilirdi. Venugopal'ın ebeveynleri de eve geldiğinde Chinmoyee'yi görmek için can atıyorlardı. Chinmoyee'nin iki haftalık ziyareti için güzel bir zaman çizelgesi yapıldı. Her iki haftada bir eve gelirdi. Cumartesi gecesi evine ulaşacak. Bimladadi ile biraz zaman geçirdikten sonra Venugopal gelecek ve onu akşam yemeğine çıkaracak. Sonra eve bırakılacak. Ertesi gün Venugopal kahvaltı için Chinmoyee'ye gelecek, orada bir saat kadar kalacak, üçü de Kattampallis'in evine gidecek ve orada öğle yemeği yiyecekti. Öğle yemeğinden sonra her ikisi de kısa bir geziye çıkabilir ve akşam geri dönebilir. Akşam yemeğinden sonra evde üçü de Chinmoyee'nin evine döneceklerdi. Sabahın erken saatlerinde Venugopal, Chinmoyee'yi kurumuna gitmesi için tren istasyonuna bırakacak. Tabii ki, ikinci iki hafta geldiğinde, Shantilal ve Anjana balayından dönmüşlerdi. Bimladadi evde kaldı.

Chinmoyee üçüncü dönemini tamamladı. İki haftada bir yaptığı ziyaretlerden birinde Venugopal, Chinmoyee'ye evlilik planını sordu. Venugopal'a keşfetmesi için bir teklif verdi.

Mutlu son

Dedi ki, "Bütün arkadaşlar ve tanıdıklar çoktan gelmişti ve erkek kardeşi ve Anjana'nın evliliğine katılmıştı. Onları tekrar aramanın bir anlamı yok. Ya Hindistan'a gidersek ve orada evlilik yapılırsa?"

Harika bir fikirdi. Hem baba hem de anne tarafından akrabalarının çoğu Venugopal'ın evliliğini görmek istedi. Kattampalli ailesini uzun yıllardır görmemişlerdi. Eğer orada nikah kıymak için Hindistan'a gidebilirlerse, bu harika olurdu. Ayrıca, Chinmoyee'nin büyükanne ve büyükbabası iyi durumda değildi. Onlar için de törenin Hindistan'da yapılması güzel olurdu.

Kattampallis, Chinmoyee'nin teklifini duyduğunda hemen kabul ettiler. Aksine, köylerinde büyük bir insan gücüne sahip oldukları için düzenleme yapmaları daha kolay olurdu. Herkes bu işlevin bir parçası olmak için can atacaktır. Venugopal ailesinin güvencesini aldıktan sonra Chinmoyee, haberi vermek için annesini aradı. Banno çok mutluydu. Artık Bimladadi tüm yargılamayı kendi isteğine göre yönetecekti. Kantilal ve Banno'nun ailesiyle konuştu. Herkes heyecanlandı ve Chinmoyee'nin evliliğini Hindistan'da gerçekleştirmeyi kabul etti.

Venugopal'ın ebeveynleri evlilik tarihinden bir ay önce Hindistan'a ulaştı. Damat tarafından yaklaşık elli kişinin Venugopal köyünden Mumbai'ye gelmesine karar verildi. Evlilik Mumbai'de yapılacak ve üçüncü gün yeni gelinle geri dönecekler. Aile orada üç gün kalacak, ardından ünlü Tirupati tapınağına gidecek ve oradan iki günlüğüne tekrar Mumbai'ye gelecekler ve sonra hepsi ABD'ye geçecek. Venugopal ve ailesi, Chinmoyee ile birlikte ABD'ye gidecekler, ancak Anjana ve Shantilal, ABD'ye gitmeden önce bir hafta daha geride kalacaklar.

Evlenmeden bir hafta önce Shantilal, Chinmoyee, Bimladadi, Anjana ve Venugopal Hindistan'a ulaştı. Venugopal, Mumbai havaalanından köyünden en yakın havaalanına gitmek için aktarmalı bir uçuş yaptı. İki araba dolusu akraba Venugopal'ı almaya geldi. Madras IIT'de okurken onların kahramanıydı.

Damadın partisi Mumbai'ye geldi. Onlar büyük bir ziyafet salonu ile yakındaki çok iyi bir otelde kaldı. Gelin partisi de Mehendi programı için akşam oraya gitti. Banno, Anjana'yı sorunsuz performans için tüm ritüelleri denetleyecek bir ekibin lideri yaptı. Mehendi'yi koymakla ilgilenen birçok bayan vardı. Anjana bu iş için iki Mehendi uzmanı ayarladı. Sangeet programı da büyük bir başarıydı. Ertesi gün önce damada sonra geline zerdeçal macunu sürme programı yapıldı. Diğer tüm akrabalar da birbirlerinin yüzüne zerdeçal macunu sürerler. Keyifli bir program oldu. Tüm akrabalar daha sonra kahvaltı için tazelenmeye gittiler. Aile tanrısına ibadet ettikten sonra gelin ve damat, Mumbai'nin ünlü Mahalaxmi tapınağına götürüldü. Öğle yemeği servis edilmeden önce başka bir puja için geri geldiler. Evliliğin asıl işlevi akşam yedide başladı. Bu sefer Anjana, Chinmoyee'yi giydirmekten sorumluydu. Saf zari ile yapılan evlilik Sarisi Banaras'tan gelmişti.

Anjana'nın seçimiydi, ABD'den Banaras'a Mumbai'ye teslim edilmek üzere sipariş edildi.

Çelenklerin değiş tokuşu, Mangal Sutra'nın bağlanması ve diğer ritüeller hem Bimladadi'nin hem de Venugopal'ın büyük amcasının talimatlarına göre gerçekleştirildi. Kattampalli'nin çocuklarından en az birinin düğününe katılabilecekleri için hepsi memnundu. Bu mucizeyi gerçekleştirebilecek olan Chinmoyee'ydi. Ertesi gün akşam, Kattampallis hariç herkes Mumbai'den ayrıldı. Venugopal'ın ebeveynleri, oğlu ve gelini ile birlikte, Mumbai'ye gelemeyen birçok insanın damat ve gelini beklediği köylerine geri dönmek için uçağa bindi. Geçen bir ay Kattampalli, tüm akrabaları ve eski arkadaşları için büyük bir parti vermeyi planlıyordu. Bu amaçla büyük bir samiyana inşa edildi. Chinmoyee, onun yasalardaki popülaritesini görünce şaşırdı.

Akşam yemeğinden sonra Venugopal odasına gitti. Chinmoyee onu bekliyordu. Venugopal ona yaklaştı. Chinmoyee ona çok kısık bir sesle, "Sözümü tuttum. Benim için yaptığın her şey için teşekkür ederim. Benim için asla üzülmediğinizi görmek için elimden gelenin en iyisini yapacağım. Sizden tek bir ricam var" dedi. Chinmoyee bir şey söylemek istedi ama Venugopal sağ elini ilk parmağını dudaklarına koydu ve dedi. "Bekle, tahmin edeyim. İstek belki de çok basit. Yüksek lisansınızdan sonra NASA'daki iki yıllık görevinizi tamamlamak istiyorsunuz, daha önce çocuğumuzu doğurmayı düşünmeliyiz. Haksız mıyım?" Chinmoyee başını salladı. Venugopal, "Bu bir şartla mümkün olacak. Kabul ederseniz, evet bekleyeceğiz, anlaşmazsanız beklemeyeceğiz."

"Tüm şartlarınızı kabul ediyorum." Chinmoyee aceleyle cevap verdi.

"O zaman bundan sonra sana Chhutki diyeceğim ve sen de bana Venu diyeceksin. Tamam mı?" Diye sordu.

"Başka seçeneğim var mı Venu? Hangi ismi seversen seç, beni onunla çağırıyorsun."

Elini Venugopal'a doğru uzattı. Venugopal uzun gömleğinden bir kutu çıkardı ve açtı. Büyük bir pırlanta yüzük vardı. O yüzüğü sol elinin yüzük parmağına taktı, yüzükle birlikte elini öptü. Yaklaştılar.

Bimladadi hayatında çok acı çekti. Gençken kocasını kaybetti. Tek oğlu Kantilal eğitimine devam edemedi ve annesine ekmek ve tereyağını kazanması için yardım etmeye başladı. Bakkalları çalışmaya başladığında her şeyin yoluna gireceğini düşündü. Oğluna evlenmesini istedi. Oğlu, çok iyi ve itaatkar bir köy kızı olan Pramila ile evlendi. Shantilal doğdu ve aile tamamlandı. Ama öyle olmadı. Kantilal karısını kaybetti ve Shantilal yetim kaldı. Bimladadi, Tulsibhabhi kurtarıcı olarak geldiğinde neredeyse sinir krizi geçiriyordu. Banno, hayatında oyunun kurallarını değiştiren kişi olduğunu kanıtladı. Evlenmeden önce Shantilal'ın peri arkadaşı ve annesi oldu. Evlendikten sonra her şey hızla değişmeye başladı. İşleri birçok kat büyüdü. Sonra Chhutki geldi. Dünyaları değişti. Banno kariyeri hakkında tekrar düşünmeye başladı. Başarılı oldu.

Epilogue

Bimladadi hayal kurma hakkını kazandı. Kantilal'ın büyük işini hayal etti.

Banno'nun başarılı kariyerini hayal etti.

Shantilal'in parlak eğitim kariyeri başarılarını hayal etti.

Chhutki'nin eşit derecede parlak eğitim ve kariyer başarısını hayal etti.

Shantilal'in çok güzel bir kızla evliliğini hayal etmeye başladı.

Son olarak, küçük Chhutki'nin bir dahi ile evliliğini hayal etti.

Bimladadi, onun her bir hayalinin yerine getirilmek üzere Yüce Allah'ın sarayında kaydedileceğini ve onun tarafından tanık olunacağını hiç düşünmüş müydü?

Yazar Hakkında

Aurobindo Ghosh

Aurobindo Ghosh çok yönlü bir kişiliğe sahiptir.

B.Sc, M.Sc, M.Phil, İstatistik Doktorası ve Ekonomi Doktorasını tamamladıktan sonra, Dr. Aurobindo Ghosh, yaklaşık 35 yıl boyunca Maharashtra Koleji Hükümeti'nde hem lisans hem de yüksek lisans öğrencilerine istatistik dersleri verdi. Emekli olduktan sonra, Hindistan'da çeşitli Yönetim kurumlarına Müdür olarak katıldı. Motivasyonel bir konuşmacı, kişilik gelişimi özellikleri konusunda ulusal bir eğitmen olan Dr. Aurobindo Ghosh, çeşitli STK'lar, eğitim kurumları ve Üniversiteler aracılığıyla binlerce öğrenciyi eğitti. 65 yaşındayken, anılarını kısa notlar olarak yazmayı düşündü, bu karalamaların sonucu hakkında hiçbir şey bilmiyordu. 121 şiirden oluşan bir derleme olan üç yıllık titiz bir yazımın ardından, ilk şiir kitabı "Kuzey gökyüzündeki zambak" Notion Press tarafından yayınlandı; sonunda ödülü Fransızca, Almanca, İspanyolca ve Arapça dillerinde çeviri yapma sorumluluğunu üstlenen Ukiyoto Yayınevi'nden aldı. Ukiyoto yayıncılarının antolojilerine düzenli olarak katkıda bulunmaktadır. Yan yana akrilik, Warli ve Madhubani resimleri yapmakla da uğraştı. Klasik müzik dinlemek için zaman bulursa, Hint kültürünü tasvir eden harika eserler yaratır.

Dr Aurobindo Ghosh, özellikle İngilizce, Bengalce, Hintçe, Gujarati ve Marathi dillerinde farklı dillerde şiirler ve kısa öyküler yazıyor. İngilizce bir şiir koleksiyonu olan Lily on the Northern sky'ın yanı sıra, diğer edebi eserleri şunlardır: Insight Outsight; İngilizce kısa öykülerden oluşan bir koleksiyon, Bengalce kısa öykülerden oluşan bir koleksiyon olan Mejoder golpo ve Chhondo Hole Mondo Ki; Bengalce bir şiir koleksiyonu. Ukiyoto Yayınevi aracılığıyla Insight Outsight'ın sesli versiyonu ve yakında yayınlanacak olan Hintçe şiir koleksiyonu olmak üzere iki proje daha var. Şimdi 75 yaşında olan Dr. Aurobindo Ghosh, her zaman yaratıcı modda olan en meşgul kişidir. Doktora öğrencilerine rehberlik etmenin yanı sıra, Ulusal ve Uluslararası araştırma dergilerinde birçok araştırma makalesi yayınlamıştır.

www.ingramcontent.com/pod-product-compliance
Lightning Source LLC
LaVergne TN
LVHW041220080526
838199LV00082B/1336